少女的控诉

[日] 南彰 著
Minami Akira

傅彦瑶 译

中信出版集团 | 北京

图书在版编目（CIP）数据

少女的控诉 /（日）南彰著；傅彦瑶译. -- 北京：中信出版社，2024.1
ISBN 978-7-5217-6180-1

Ⅰ.①少… Ⅱ.①南…②傅… Ⅲ.①纪实文学－日本－现代 Ⅳ.① I313.55

中国国家版本馆 CIP 数据核字 (2023) 第 231600 号

MOKUSATSUSARERU KYOUSHI NO "SEIBOURYOKU"
by Minami Akira
Copyright © The Asahi Shimbun Company
All rights reserved.
Original Japanese edition published by Asahi Shimbun
Publications Inc., Japan
Chinese translation rights in simple characters arranged with
Asahi Shimbun Publications Inc., Japan through BARDON CHINESE
CREATIVE AGENCY LIMITED, Hong Kong.
Simplified Chinese translation copyright © 2024 by CITIC Press Corporation
ALL RIGHTS RESERVED
本书仅限中国大陆地区发行销售

少女的控诉
著者：　　[日]南彰
译者：　　傅彦瑶
出版发行：中信出版集团股份有限公司
　　　　　（北京市朝阳区东三环北路 27 号嘉铭中心　邮编　100020）
承印者：　河北鹏润印刷有限公司

开本：787mm×1092mm 1/32　　印张：7.75　　字数：140 千字
版次：2024 年 1 月第 1 版　　　　印次：2024 年 1 月第 1 次印刷
京权图字：01-2023-5668　　　　　书号：ISBN 978-7-5217-6180-1
定价：49.80 元

版权所有·侵权必究
如有印刷、装订问题，本公司负责调换。
服务热线：400-600-8099
投稿邮箱：author@citicpub.com

前言

2020年，日本全国因"性犯罪""性暴力"等原因而受到处分的公立学校教职工有两百人。再加上2011年至2019年因"猥亵"等原因而受处分的人，十年间共有2 163人。受害者中，多数为孩子。这些数字的背后，是许多因性虐待而身心受伤，失去信任之心的孩童。

需要指出的是，这个由日本文部科学省发起的统计并不包括私立学校。不难想见，受害者选择忍气吞声，或者学校拒不承认的情况并没有从中得到完整反映。这个数字不过是冰山一角。

本书从受害者母亲的角度出发，记录、整理了未能反映在统计中的校园性犯罪的真实情况。这是笔者二十年记者生涯中印象最深的事件。以此为契机，笔者开始深刻思考权力与报道的关系。笔者在写作时曾考虑过调查报告的形式，但为了让读者能更好地共情当事人所面临的烦恼和痛苦，笔者特意使用了受害者母亲的口吻，以第一人称讲述相关事件。为保护相关人员的个人隐私，书中使用的都是化名，地名也进行了模糊处理，但在内容构成上仍尽量按照庭审记录和会议纪要等材料，力求实事求是。

本书第一章主要表现了孩子遭受性侵害后家长的无措和校

方的第一反应。第二章着重展现性犯罪的特点，即受害者难以启齿自己受到的伤害。第三章围绕法庭上激烈的交锋与人际关系的破裂展开。第四章讲述学校对刑事判决的抵触。第五章以刑事诉讼和民事诉讼为角度，分析了性犯罪受害者难以获得救助的根本原因。

2021 年 5 月，日本国会通过了禁止教职工对学生进行性暴力的新法案。我们究竟怎么做，才能真正保护孩子免受性暴力的伤害？我们如何才能杜绝毁人一生的性侵害？望读者们能与我一同思考。

目录

第一章　告白　　　　　　　　　1
　花火　　　　　　　　　　　　　3
　劝诱　　　　　　　　　　　　　5
　启航　　　　　　　　　　　　　9
　外宿活动　　　　　　　　　　　13
　换老师　　　　　　　　　　　　15
　核实　　　　　　　　　　　　　19
　临时家长会　　　　　　　　　　24
　请愿书　　　　　　　　　　　　29
　噩梦　　　　　　　　　　　　　31

第二章　决堤　　　　　　　　　35
　退潮　　　　　　　　　　　　　37
　律师　　　　　　　　　　　　　40
　寒风　　　　　　　　　　　　　42

刑警	47
调查	51
起诉	57
栅栏外	65
乌云	71
交叉询问	75
"海市蜃楼"	86

第三章 破裂 91

搬家	93
旁听者	101
政治斗争	105
王牌	108
战场	112
无尽的询问	117
一封信	125
焦躁	130
判决	136

第四章 抵触 143

敌营	145
存证信函	147
监督简报	152

决心	156
春晓	159
确定	165
浪潮	169
日记	172
翠雨	176
免罪金牌	179
逆袭	183
陈述书	187
专家	193
推卸责任	195

第五章　根源　　205

加速	207
圣诞夜	212
再出发	217
春眠	220
请愿	224
感谢	226

后记　　231

第一章 告白

花火

电梯缓缓上升,门打开的一瞬间,像是要吹开记忆中那滩沉寂的死水般,海风灌了进来。阳台对面是宽广的大海,海边不断有烟花绽放。我们刚搬进来的这天,附近正好在举行烟花大会。

"妈妈,天空和海面都能看见烟花,好漂亮呀!"

阳台上女儿们兴奋的声音在我脑中回响,那时的烟花仿佛新街区送给我们的祝福。许多高层住宅在海边拔地而起。透过楼宇旁的椰子树,可以看见小学的体育馆。

如今已经过去多少年岁了呢。

那时,我们一家正努力适应新街区,生活安宁平静。然而,这一切都在那个七夕节的星期五被打破了。那天,回到家中的女儿诉说了自己的遭遇,从此我们便踏上了漫长的斗争之路。

叮——咚——

我一边说着"你回来啦",一边往玄关的方向望去,圣子的话如钢针般刺入耳膜。

"今天高木捏了我的胸。"

"什么？"

"捏了三次。"

圣子到底在说什么？会不会是不小心碰到的呢……

"怎么捏的？"

我没有多想，直接问道。只见圣子用两只手抓住了自己的胸。

"就这样，痛死了。"

一瞬间，我好像被人从阳台上猛地推下去了一样。

圣子背着书包，脸涨得通红。这孩子本就不愿多说在学校发生的事。她此刻正浑身颤抖，泪眼婆娑。

"太过分了！高木就是个烂人！"

一起陪圣子回来的同学景子在旁边附和道。

高木——

他是圣子所在的"牵牛花班"的班主任。小学老师竟然会做出这种事？我惊讶得说不出话，圣子又开口：

"他敲我的头，还骂我。他说我不会学习，说我笨，还嘲笑我。"

"嗯，先进来再说吧。"

我紧紧抱了一下圣子，然后把两个孩子领进客厅，那里备了一些点心。我抬头看了一眼时钟，马上就要到上补习班的时间了，但我却无法让狂跳的心平静下来。

景子也在这儿，她和圣子上的是同一个补习班，我还是得先把她们送去才行——

我如此劝说自己，发动了汽车。

劝诱

第一次遇见高木老师是在三个月前。

牵牛花班是市属公立小学新设立的一个特殊班级，这个班里有十个来自一年级到六年级的学生，他们都有一些生理上的缺陷。有五位老师负责照顾他们，两位是班主任，三位是助理教员，高木就是其中一位班主任。

我有三个女儿，圣子是老二，她在十一个月大的时候和我们一起旅行，结果在外感染了麻疹，落下了后遗症。她的记忆力虽然与同龄人无异，却不善于理解和表达。

即便如此，圣子此前一直都在别的公立学校上着普通班级，但是无法融入同学中。有一阵子，我曾考虑过要不要让她转去特殊教育班级。我们曾咨询过市里从事特殊教育相关工作的石坂老师，并得到了如下答复：

"我们市里给学校配了很多助教，因此不少有障碍的孩子也在上普通班级。特殊教育班更适合那些患有重度障碍的孩子，圣子去那里学习也会不合群的。"

五年级的时候，圣子遇到了一位特别细心的班主任。老师会根据她的理解能力专门准备讲义，那是圣子进入小学后最顺利的一个时期。

我们一家和街坊邻居也相处得特别好。孩子爸爸担任公寓楼自治会的会长,组织大家打年糕、钓虾虎鱼,办了不少活动。大家围在烧烤架旁边,烤一烤培根,喝一喝啤酒,看着圣子和其他孩子在草地上跑来跑去,那种感觉无与伦比。

"希望能就这样平平安安地读完小学……"

三个女儿熟睡后,我和孩子爸爸曾在客厅里这样聊过。

然而,在去年秋天,石坂老师突然开始十分热情地劝我们从公立小学转去新开办的学校。

"与先前的建议有所不同,这可能会让您觉得有些奇怪。但在这次新开设的特殊教育班里,孩子们的问题都比较轻,大家可以受到更加适合的教育。"

新学校就建在我们家楼下的公园旁,比圣子所在的河对岸的学校更近。我们让小女儿千春去了新学校,但一想到要让圣子换环境,就觉得还需慎重考虑。

"我不想离开佐藤老师。"

果然,无论我们问了多少次,圣子都十分抵触转学,她坚持要和最喜欢的班主任佐藤老师待在同一个学校。我不想逼迫眼泪汪汪的女儿。我们本来应在10月末之前做出决定,市教育委员会[1]又将截止日期延至年底。即便如此,我认为圣子也不会改变自己的想法。

---

1 在日本,地方的教育行政事务由当地的教育委员会负责处理。——译者注(以下若无特殊说明,则统一为译者注)

"还是尊重圣子的意愿吧。"

正月[1]假期里,我和孩子爸爸一同决定不转学。假期一过,我们就在参加育儿咨询时表明了这一"最终决定"。

可结果,平时一向稳重的石坂老师却开始用笔一下一下敲起了桌子。

"当母亲的这个态度怎么能行?孩子才六年级,即使是普通孩子也不能决定自己的未来。去公立还是私立,最后还得父母来决定吧。"

"但如果让圣子和千春上同一所学校,姐姐读特殊教育班这件事,会不会给千春造成困扰?会不会有人为此歧视她?"

"这都是小事。您完全不用担心。"

面对强势的石坂老师,我只能默不作声。

回家的路上,我的脑海中浮现出圣子哭着说不想转学的模样,又想到了内心细腻的千春。我手握方向盘,视线逐渐被泪水模糊。

"要不要见见准备转学过去的其他女孩?如果发现合得来的朋友,圣子的想法可能会改变。"

在石坂老师的邀请下,我们和其他打算将孩子转去新学校的家庭参加了一场交流会。孩子们在体育馆的一角和老师们玩游戏,家长们则聚集到了另一间教室里。

---

[1] 日本的正月即公历1月。

"这次的特殊教育班不同以往,我们要把它办成模范校里的模范班。"

市教育委员会的工作人员几乎每周都来做我们的工作,但是每次圣子都表示不想转学。

结果,石坂老师又有了一个令人震惊的提议。

"不如试试把你们的情况向教育委员会和校长反映,将佐藤老师调到新学校去,您看怎么样?"

"什么?我去反映情况?"

"不必抱什么希望,先试试看吧。"

我就是区区一名家长,他们怎么可能听我的呢……

我没有期待什么,但还是一一拜访了校长和市教育委员会的负责人,把我们家的情况做了说明。

到3月下旬,就在教师人事调动结果公布的前夕,我突然接到了校长的电话。

"佐藤老师调到新学校的事儿已经定下来了。"

"真的吗?"

"真的。因为还有很多手续要办,您能先来一趟学校吗?"

我急忙赶去学校,跟校长道谢,而校长却嘀咕道:

"佐藤老师可是一直在说'不想调走'啊。"

话语中带着讽刺。

虽说最开始是石坂老师的建议,但最终提出要求的还是我自己。我没想到会造成这么大的影响,心里感到过意不去,便向在教室里收拾东西的佐藤老师表达了谢意,然后又赶紧去办转学手续了。

我还用短信把这个结果告诉了一个一直帮我出主意的朋友。

"或许一开始圣子会有情绪，但她可以在小班教学中得到一对一的辅导，这更有利于未来的发展。"

这句话也是说给迷茫的我自己听的。

佐藤老师成了六年级普通班的班主任。牵牛花班的美术课和音乐课是和普通班一起上的，这样佐藤老师就能辅导一下圣子。

那平时带牵牛花班的班主任是谁呢？

半个月后，我们迎来了开学典礼。怀揣着期待和不安，我和圣子一起来到了学校。一位皮肤偏黑、戴着黑框眼镜的男老师走出教室迎接我们。

"早上好，我是班主任高木老师。"

高木老师大约四十岁出头，话不多，看起来沉稳又有经验。

模范班级、模范班级、模范班级——

这套说辞我听得耳朵都起茧子了，此刻却又开始在心里说给自己听。

"孩子就交给您了。"

我轻轻推了一下圣子的后背。

启航

学校里，烂漫的樱花随风飘舞。

宣传册上，印着市长为新学校的启航写下的寄语。

"一所值得孩子和居民们喜爱的学校建成了。校舍的每一层都设有开放空间，不同年级的孩子可以在这里交流，老师和学生可以在这里尝试不同的教学形式。这所学校的设计非常符合孩子的成长特点。"

然而，这所市长夸赞的学校刚开办没多久，就开始出现问题。

高木老师常以"户外授课"为由，带孩子们离开教室，对教室内的授课却似乎并不关心，也不怎么布置作业。

"高木老师到底采用的是什么教育理念啊？真搞不懂。"

一些关心孩子学业的家长纷纷表达出不满。于是在 5 月初，待黄金周假期[1]结束后，学校临时组织了家长会，角田副校长也参加了会议。

我对高木老师同样没什么好印象。

那是黄金周放假前，他来家访时的事。

"圣子同学，还没来事儿吗？"

他一坐在沙发上便脱口问道。更冒失的话还在后面，他提到另一位女学生的名字，说："该凸的地方凸，该收的地方收，身材根本不像个小学生。"

即便如此，在临时家长会上，我也只是默默地听大家的意见。会议结束后，我甚至跟高木老师打招呼道："老师也不容易

1　在日本，黄金周一般指 4 月底至 5 月初节假日较为集中的一周。

啊。"我心里的想法仍然是让圣子平平稳稳地度过校园生活，不在新学校多惹纷争。

然而，时间到了 6 月下旬的某个星期五。梅雨暂歇一段时间，太阳开始露脸，那天女儿们带着泳衣去了学校。

圣子和千春回家后，千春先开了口。

"今天姐姐在学校被高木老师打了。"

"怎么了？"

"游泳课的时候，高木老师打了两次我的头。"圣子低着头小声说。

"你犯什么错了吗？"

"没有啊！"

学校的老师会无缘无故打学生吗？

"老师说什么了？"

"他说'你这脑袋有点笨吧'。"

"老师怎么打你的？"

"这样。"

圣子张开手掌打了自己的头。

"妈妈！姐姐太可怜了！"

千春开始替姐姐滔滔不绝地讲起了当时的具体情况。她说自己是在体育馆里透过玻璃看到泳池旁发生的一切的。圣子把身体转向一边，故意不看我们，拉扯着自己的头发。看来，要从圣子口中了解情况还是有些困难。

等孩子们都睡后，我和刚出差回来的孩子爸爸商量：

"孩子会不会在学校被体罚了？"

"是啊……要不去看看到底怎么上课的吧。"

星期一上午，我们穿过校门，向位于校舍右侧的牵牛花班走去。按孩子爸爸的考虑，我们特意没有提前打招呼。

按照课程表，此时上的应该是语文课。

教室两侧是透明的玻璃窗，在走廊上可以看见高木老师、助教由香里老师、圣子和另外四个同学。一眼望去，大家似乎都围在风琴旁玩耍。

"早上好，不好意思，打扰了。"

孩子爸爸打开门走进教室，只见高木老师急忙拿起教科书。

"啊，早上好。我们正准备开始上课呢。"

老师马上让孩子们坐回座位，开始朗读诗歌。

我因为之后还有兼职工作，就先离开了。孩子爸爸留在学校，等下课后与高木老师谈谈。

其实这时，高木老师教的几个高年级女生已经一个接一个地出现问题，有人不肯来上课，有人转去了普通班。圣子几乎处于和高木老师一对一的状态。但我和孩子爸爸曾担心过，如果追问得太紧，老师可能会变本加厉地对待圣子。

想到这一点，孩子爸爸故意没提打人的事，而是比较委婉地传达了我们的态度。

"特殊教育的老师告诉我们，在家里也不要大声斥责圣子，更不要打她。"

"我明白了。"

高木老师如此回答道。

吃晚饭前,我在圣子耳边悄悄告诉她:

"妈妈已经跟老师说过,不要再打圣子了。"

圣子只是点了点头。

四天后,回到家的圣子便控诉道,"高木捏了我的胸"。

外宿活动

我做晚饭时心神不宁,只觉得圣子上补习班的两个小时格外漫长。

景子的妈妈送圣子回来了。

进入客厅的圣子表现得和平时一样。千春和大女儿百合子也在,我不好问来问去,但据说在回来的路上,圣子在车里表达了对高木老师的愤怒。

"要是世界上没有高木这种人就好了。"

景子的妈妈后来告诉我,她第一次见圣子这样。如今回想起来,圣子确实有些异常。

本来最喜欢穿裙子的圣子,突然开始只穿裤子了。

之前本来要催好几次才去洗澡,现在却背着书包就往浴室跑,迫不及待地脱掉衣服冲澡。

在客厅看电视的时候,她会用大拇指和食指一根一根拔头发。

孩子爸爸说,他曾在夜里听到圣子做噩梦时的呓语,还见过她使劲洗手的样子。

圣子本就不太爱说话,几乎不主动和我们分享学校里发生的事。

"在学校开心吗?"

"嗯。"

"交到朋友了吗?"

"嗯。"

"喜欢老师吗?"

"喜欢。"

无论我怎么问,圣子的回答都短之又短。

"因为一些低年级的男孩会偷看裙底,所以我跟圣子说过要有女孩样,不要把脚分得太开。"

听到高木老师如此解释,我以为这就是圣子不穿裙子的原因了。

"变了环境,圣子可能感觉到了压力吧。"

"她也到了敏感的年纪了。"

我和孩子爸爸都没有留意到女儿的变化。

如果我早点注意到这些变化就好了……圣子她们睡着后,我忍不住在客厅掩面而泣。

接下来该怎么办呢……现在最让我担心的就是周二的外宿活动。这是市里专门为特殊教育班组织的夏季活动,孩子们会一起到"自然之家"住一晚,参与野外活动。这次带队的就是高木老师。

"如果不想去的话,我们可以不去。"

第二天早上,我若无其事地对圣子说道,圣子却摇了摇头。

"如果我不去,就剩景子一个人了。"

圣子说,如果自己不去,那就只剩下高木老师和另一位同学了,所以自己必须去。面对担心朋友的女儿,我没法断然阻止她。

星期一,我特意给角田副校长打了电话,然后和孩子爸爸去了学校。我们被带到了牵牛花班对面的手工教室。

"其实我们女儿回家说高木老师……"

我跟角田副校长说了圣子在泳池边被打头,还有被摸胸这两件事。

"我作为家长,实在不放心让孩子参加外宿活动。"

"您说的我都明白了。不过外宿活动我也会去,我一定会紧紧看着圣子的,请您放心。"

窗外,有个人影在晃来晃去。是高木老师,他好像在打探我们的情况。

换老师

把圣子送去参加外宿活动后,我整个晚上都没睡着。

早晨，我呆呆地望着镜子，叹了一口气。

就算角田副校长叫我放心，他也不可能整个晚上都盯着圣子吧。

角田副校长的话和圣子的控诉萦绕在我的脑海。

这一天，在小爱妈妈的召集下，牵牛花班的家长聚集在了市民中心的会议室里。小爱从上个月起就不来上课了。

这次我们的议题是所谓的"户外授课"，大家都担心老师的授课质量。

小爱的妈妈对教育系统比较熟悉，在家长会上一直引领大家发言。我找到她商量了圣子在学校受到侵害的事。

"圣子妈妈，你是怎么想的呢？"

"嗯，这个嘛，哎……"

我不能让朋友一个人去——我眼前浮现出圣子出发前的模样，不知道该如何开口。

"不说也没关系，大家都有自己的难处。"

圣子马上就要结束外宿活动，回到家里了。

我直接赶到了车站。车站大厅里放学回家的高中生和买东西的人来来往往，我在人群中看见圣子从闸机那边跑了过来。

"你回来啦。没事吧？"

我情不自禁地抱住了背着书包的女儿，在她耳边轻轻问道。角田副校长从闸机那儿跟着走了过来，微笑着和我说：

"平平安安，孩子们都玩得很开心。"

"这样呀，谢谢您照顾。"

一旁还有其他孩子的母亲，随便寒暄几句后，我们就离开了。到家后不久，我接到了角田副校长的电话。

"这两天我一直在观察圣子，高木老师的行为举止看起来没什么问题。我觉得没关系，我们再观察观察吧。"

"角田副校长，什么叫观察观察啊？"

孩子在控诉老师的摸胸行为，角田副校长所谓的"没关系"很难让人信服。而且，一晚上的观察如何能得出"没什么问题"的结论呢。

"我作为家长很不放心，能不能换个女老师辅导圣子呢？"

我没有直接要求换班主任，只拜托换一个老师来辅导，但是角田副校长却显得有些为难：

"您突然提出这种要求，学校这边也很难协调。我们再观察观察吧。"

这通电话就结束了。

"这回答也太敷衍了，我们一起去学校吧？"

我跟小爱妈妈说了之后，她表示愿意陪我一起去找老师。孩子爸爸总是出差，对于有些胆怯的我来说，她的陪伴十分可贵。我们约好星期四在校长办公室和角田副校长谈话。

小爱妈妈消息灵通，她告诉我高木老师在之前的学校也出过问题，甚至曾把牛奶瓶扔向学生，差点砸到孩子。我还是初次了解到这些事。

"您的要求我了解了，但突然的人事调动是很困难的。我们会讨论的……"

"副校长,现在这可是紧急情况,您不给个说法,我们就只好坐在这里等了。"

小爱妈妈的坚持给了我勇气。

我不能就这么算了——

"我不想让高木老师和我女儿再有任何接触,请帮我们换一个老师。"

我十分诚恳地请求道,最后终于得到角田副校长"傍晚之前给您回电"的承诺。

回家后,角田副校长如约打来了电话。

"学校同意了您的要求,明天辅导圣子的老师就会换成女老师。"

"太感谢您了,我想这下圣子也能安心了。"

我对角田副校长表达了谢意,挂断电话,然后马上把这个消息告诉了客厅里的圣子。

"明天负责你的老师就换成女老师了。"

"太好了……"

自那天回家控诉以来,圣子第一次流露出放松的表情。

虽然之前经历了种种不快,但问题已然解决。

然而,圣子却是在那之后,才真正说出她的遭遇。

核实

那是星期六的晚上。

大约是晚上八点,我们躺在被窝里闲聊。

除了正在准备高中入学考试的百合子,剩下的四个人,我和孩子爸爸,圣子和千春,正随意地聊着天。在大家都沉默不语的一瞬间,一直趴着听我们讲话的圣子开口了:

"高木会拉我裤子的拉链。"

"什么?"

我一下坐了起来。

"拉拉链,然后呢?"

"扯内裤。"

"扯了内裤,然后呢?"

圣子将手伸向自己的屁股,做出把手伸进内裤的动作。

我一时语塞,忍不住想哭。

孩子爸爸抱着头,大大地叹了一口气。千春一言不发。

圣子可能也察觉到了大家的反应,把头躲进了被子里。

为了让自己冷静下来,我走出卧室,等我回来时,圣子和千春都睡着了。

我和孩子爸爸来到客厅。

"我们找教育委员会吧。"

我们不想把事情闹大,但是为了防止其他孩子受到同样的伤害,我们决定跳过学校,早点采取行动。

周一，我在校门外和牵牛花班的其他家长打了招呼，把圣子的遭遇告诉了他们。

"太过分了！圣子现在怎么样？"

"我陪你去教育委员会吧。"

大家都这么鼓励我。

"为了防止这种事再次发生，还是把事情公布出来比较好。"

也有家长这样建议。

市教育委员会在市政府大楼旁的一栋建筑里。我和小爱妈妈到了之后，被带到了只能坐下四五人的狭小会议室里，接待我们的是市教委的畠山科长。

打头、摸胸、手伸进内裤，我把圣子讲的三件事都说了出来。

"这些都是您女儿说的？"

做着笔记的畠山科长似乎之前并不知情。

"我们会马上跟校方沟通解决的。"

第二天早上，我接到了畠山科长的电话。

"高木老师已经不教圣子了，而且不再是牵牛花班的班主任。他不会再接触儿童，所以您可以放心让孩子上学了。"

"这么快就解决问题，真的太感谢了。"

"我们想再确认一下事情的经过，您能来一趟学校吗？"

我被告知要等学生们放学后再到学校，而孩子爸爸尚在出差，还未回来。

"我也一起去吧，我有点不放心妈妈一个人去。"

在一旁听我打电话的大女儿百合子陪我去了学校。我和百合子、圣子三人来到学校，在办公室前遇见了牵牛花班的另一位班主任健太老师。他是一位大学刚毕业的青年男教师。

"老师，我们想看一下教室，方便吗？"

"啊，嗯，请便。"

我还没有向圣子确认她是在哪里被侵犯的。我暗暗想，如果健太老师听到圣子亲口说出自己的遭遇，他可能也会对她多照顾一点。

校舍的地板和墙壁都使用大量的木材装修而成，我们穿过明亮的走廊，来到西北角的牵牛花班的教室前。无论是走廊这一侧，还是庭院那一侧，教室的窗户都是透明的，从外面可以将里面看得一清二楚。但在整个校园里，来往于这里的人并不多。

进入教室之后，右边摆放着桌椅，是平时上课的区域；左边有水槽和冰箱等，是开展手工活动的区域。手工区域里有一处用帘子围起来的地方。

"圣子，你说老师捏你胸了，那件事发生在哪里？"

圣子没说话，只是指了指左边用帘子围起来的地方。

这时，双手一直环抱在胸前的健太老师开口了。

"但那天高木老师并没有和圣子独处过。"

圣子开始用力地拔头发。她的脸涨得通红，满头大汗，然后指了指风琴的方向。

"是吗？有这种事吗？"

健太老师带着怀疑的口吻说。

马上就到和畠山科长约定的时间了。看着不知所措的圣子，我对健太老师说了一声"她好像不太舒服"，就带她离开了。我让她和百合子在保健室等着，自己一个人去了校长办公室。

办公室里，伊地知校长、角田副校长、畠山科长等四人已经坐下等我了。

"劳您特地跑一趟，真不好意思。那就让副校长来说明一下学校的调查结果吧。"

在畠山科长的催促下，角田副校长拿起牵牛花班7月7日的课程表。那正是圣子控诉被摸胸的日子。

"这一天有家政课，不存在高木老师和圣子同学两人独处的情况。"

至于其他控诉，"高木老师否认了，学校这边也无法核实情况"，副校长如此说道，结束了说明。

"怎么能这样……"

校方仿佛和所有问题摆脱了干系，这和我的预期南辕北辙。正当我困惑之时，高木老师和健太老师走了进来。我开始直接向高木老师发问。

"我女儿说你捏了她的胸，你真的没有那么做吗？"

"没有。"

"但我女儿回家之后确实是这么跟我说的。"

"不，我没有，我印象里没有这种事。"

"她还说你让同学们坐在你腿上，挠他们的痒痒，大家都很不喜欢这样。"

"有时候孩子们会靠近我，希望我关注他们，我就会挠挠他们，这只是一种增进亲切感的肌肤接触，其他孩子都很喜欢这样。"

问到泳池旁打头的事，高木老师也坚持说"不记得了"。

"好像打过腿吧。"

坐在最边上的健太老师替高木老师说话了。

"那是要求同学们抱腿坐的时候，圣子的腿没有并拢，所以就敲了一下她的腿，让她注意。"

市教委的两位工作人员只是默默听着学校的辩解。

一对六，作为控诉方的，只有我一人。

无论是学校的老师，还是市教委，都没有认真对待我女儿的控诉……

我明明有很多事想问，一时间却被剥夺了提出疑问的气力。

"后天我们打算开一场临时家长会。"

角田副校长还特别强调说："家长会讨论的内容已经定好，为了圣子着想，我觉得您最好还是不要提起这个话题。"

准备离开的时候，高木老师凑近我说：

"给您添麻烦了。"

"……没事。"

也不知道他是在为何而道歉，我无力地点头回应，便和在保健室等待的孩子们回家了。

第二天，牵牛花班的家长们都收到了以伊地知校长的名义发布的临时家长会通知。

"开学至今，我们尽力尊重各位家长的意见，努力做好教育工作，结果仍给大家带去了不安与困惑，未能得到各位家长的信赖。为此，本次家长会将对现状做出说明，并与大家共同商讨今后的工作。"

至于把高木老师换掉的事，通知末尾只是简单附上了一句："另，该教师从今日起不再担任牵牛花班的班主任。"

虽然高木老师被换掉了，但学校并没有承认圣子遭遇侵害一事。如果校方的主张符合事实，那圣子就是在撒谎了。

我不知如何是好，只好咨询石坂老师。

"突然不穿裙子了啊……如果反复说自己被打头、被摸胸，那圣子的话是有一定可信度的。"

看来，石坂老师也不认为圣子是受人影响或在撒谎。

临时家长会

本学期结束前一天的下午，家长们聚集到了学校图书馆。

出于对高木老师言行的质疑，许多家长本就有召开临时家长会的诉求。校方听取了家长的意见，决定在暑假前召开家长会。高木老师则在别的教室等待。

"大热天里,大家还能聚集在这里,真的十分感谢。据反映,一些同学和家长都因高木老师而感到忧心忡忡,所以我们决定不让高木老师继续担任牵牛花班的班主任。"

角田副校长例行公事一样说完了上面这段话,却没有交代调动的详细原因,直接把话题转向教室的布置。一位母亲提问了:

"不好意思,到底为什么把我们叫到这里来呢?我还是没搞懂这场家长会的意义。"

"请原谅。在开头说明情况时我已经提到了……"

角田副校长连忙解释道。

"我们收到了很多关于高木老师的负面反映,也有家长希望能将其调离。有的孩子觉得高木老师'可怕',甚至有的孩子说被老师打过。鉴于此类事情越来越多,学校就决定把高木老师调走。我们希望听取各位家长的意见,为下个学期开个好头,所以召开此次家长会。"

听到角田副校长这一解释,更多的人举起了手。

"这不是说换老师就解决了的事。你们有没有想过为什么会这样?"

"不是说市里按照计划已经准备了好多年了吗?结果却失败了。招来的到底都是什么人才啊?"

市教委的畠山科长向大家低头道歉:

"高木老师教龄超过十年,有丰富的特殊教育经验,我们当初就是看中了他这方面的经验。那时，他原先所在的学校里需要特殊教育的孩子越来越少，他因此有了换单位的需求。高木老师本人也希望能继续发挥自己的能力，我们就把他安排到了新学校。这次出现这样的情况实在遗憾，我对各位家长深表歉意。"

"校长之前觉得高木老师是怎样的人呢？"

"这个嘛，一开始我没看出什么大问题。但在他的指导下，效果确实不太明显，所以我觉得还是有不足之处的。"

"副校长又是怎么认为的呢？"

"我的看法和校长一样，具体来说，我觉得他对待孩子的态度好像比较冷淡。而且，他经常使用一些让孩子感到害怕的教育方式。还有一点是，面对家长提出的要求，他很少会负起责任，承诺今后做出改变。"

"当被告知不再是班主任的时候，高木老师是怎么回答的？"

"他就说了'好的'。"

"那就是说，他也承认了之前自己做得不好？"

"他的教育方法确实有不当之处吧。"

"高木老师发火或者打人的时候，其他老师都没看见吗？"

家长的目光一下都转向和高木老师一起带班的健太老师。

"当孩子们可能感到害怕的时候，我也会管……"

"你就没有提醒一下高木老师吗？"

健太老师低下了头。角田副校长马上打圆场。

"健太老师刚毕业参加工作不久，恐怕有些话也不好对高木老师直说。"

"我就奇怪了，高木老师在的时候其他老师怎么都静悄悄的呢？明明平时都能好好教孩子，可高木老师一出现，大家就都把视线转向别处了。大家难道不能对高木老师自由发表意见吗？"

"孩子在跟前的时候我没机会说，但放学后我是跟高木老师好好谈过的。"

"真的吗？要是周围的老师都能这样跟高木老师谈谈，我觉得他也不至于嚣张到这个地步。"

家长的质疑声越来越大，校方的解释却苍白无力。我听从角田副校长之前的嘱咐，一直保持沉默，只觉仿佛要被声浪卷起，冲破高高的天花板。其他家长或许觉得事关隐私，并没有直接提起圣子的事。家长会就这么进行着。

"今后高木老师会怎么样？他现在正在办公室等着吧？"

"我们会和高木老师商量，看他是否要在本校担任其他职务。我们之后会另行决定的。"

"高木老师还要留在学校？有的孩子只要看到高木老师就会觉得反感。教育委员会的各位领导又是怎么认为的呢？"

"至少到明年 3 月的这一年里，他还会在这所学校任教。就算我们让他走，他也没地方可去。"

"就没有考虑过孩子的感受吗？"

"下学期开学是在 9 月 1 日，我们会通知大家牵牛花班的安排和高木老师的去向。"

角田副校长做了最后的回应,家长会随即结束了。

第二天,一些心有不甘的家长前往市教育委员会,再次强调孩子们惧怕与高木老师待在同一所学校。

"即便会增加其他老师的负担,但学校还是给你们换老师了。我们会认真讨论各位的意见,但教师的聘用归县里管,我们没有人事调动权。[1]"

畠山科长以"没有权限"为逃避问题的借口。

"那我们就直接向县教育委员会反映吧。"一位妈妈说道。

"不不不,我了解了,我了解了。我们会转告县教委的负责人的。"

自从说出自己的遭遇后,圣子并未想过请假。我兼职处的老板照顾我,允许我每天接送圣子上下学。终于放暑假了,圣子和千春一起去了我的娘家。两个孩子和外公、外婆格外亲,每个暑假她们都会去那里住一阵。

"帮我和外公、外婆问好。玩得开心哟!"

圣子她们乘坐的新干线列车驶出了视野,我不禁叹了口气。

和我单独在一起的时候,圣子总是反复说着"老师捏了我的胸""他打我头""高木真可恶"一类的话。驾车去超市买东西的路上,准备饭菜或打扫卫生的时候,她都在一旁控诉个不停。深夜,她偶尔还说梦话,嘀咕着"要被冲到马桶里去了"。

---

[1] 在日本的行政区划中,县类似中国的省,统辖各市。

"高木是很可恶。""妈妈已经跟其他老师说过了。"

我应和着圣子。但面对矢口否认的校方,丝毫不见希望的事态,一种倦怠感还是渐渐涌上心头,我总禁不住去想:"啊,又开始说这些了"。

或许对于圣子来说,远离学校的环境能让她散散心。

我曾经和身为退休教师的父母讨论过圣子的事,我对他们的信任是全心全意的。

孩子们到外婆家后,千春定时给我打电话。

我问:"外婆呢?"千春经常回答说:"在忙。"偶尔换成我母亲接电话,听到的则多是对圣子的担心。

"真是从早到晚都在说老师的事,头痛都要犯了。"

我知道,圣子说的肯定是被老师侵犯的事,只好回应道:"圣子一直在说这些,学校却不承认……给您添麻烦了。"但并没有告诉母亲事情的细节。我自己正在忙百合子入学考试的事,好把上个月为了圣子而耽误的工夫补回来。

请愿书

进入暑假,学校和市教育委员会都杳无音信。

临时家长会上,他们承诺"9月1日将通知新安排",可最后会怎样呢?我对整件事的进展一无所知。终于,在盂兰盆节假期前的星期日,家长们在一家餐厅里相聚了。

上个月的临时家长会上，家长们只掌握了零散的信息，大家没能厘清具体问题的症结。在这次会议上，大家依照事先归纳好的大纲进行讨论，并决定以书面形式向学校提出对于第二学期安排的具体要求。

请愿书主要是由孩子爸爸起草的。我们将身为特殊儿童父母的真切愿望寄托在字里行间。请愿书的开头如下。

> 首先要说明的是，我们不是打算同学校对立。比起普通的孩子，我们的孩子远更细腻敏感。身为父母的我们，最担心的就是自己死后的事。"孩子有没有被人欺负？""有没有被坏人蒙骗？""会不会感到孤独？"……时不时地，我们也会因忧虑而失眠。其实我们所期盼的，只是一个充满爱意，能帮助孩子一点点走上自立之路的安全环境而已。

接着，我们在请愿书中列出了六项诉求，包括不让高木老师直接接触儿童，以及解决部分孩子不能上学的问题。

> 我们深知学校工作的繁重，要让老师为此事多费心神，我们深感歉意。希望校方能理解我们当父母的一片苦心。我们希望能和校方逐步建立信任，携手再建一个更好的牵牛花班，为全国的特殊儿童带去希望。这就是我们的请求。

校方收到请愿书后，伊地知校长和角田副校长听取了请愿书中的要求。第二学期开学前的一星期，家长们再次被叫到了学校。

"下学期起高木老师就不在本校任教了。不管他今后去哪里，他都不会再担任需直接接触儿童的职务，请各位家长放心。下学期的班主任将由花山老师担任。"

角田副校长给出的答复基本满足了请愿书中的六项请求。

第二天，圣子回家了。她一直想在外公和外婆家多待一待，时隔一个月，现在终于回来了。

噩梦

第二学期开始了。圣子还是不愿意穿裙子，但好歹高木老师离开了学校，我想圣子的生活终于能回归平静了。

然而，圣子经常躺在床上两三个小时还睡不着，好不容易睡着后又会发出呻吟。她甚至曾哭醒过，喊着"我梦见自己被装在垃圾袋，扔到河里了"。

"要是一把火把学校烧光就好了。"

"你不用勉强自己去上学啊。"

我抱着圣子，抚摸她的头。当我不经意碰到圣子的身体时，她就会像触电一样发抖。

"不行，我必须去上学。"

她正拼命和自己的内心战斗,希望通过恢复正常的生活,来治愈心底的创伤。

圣子会定期到大学附属医院体检。在 9 月初的检查时,趁着圣子先走出了儿科诊室,我向心理咨询师坂井医生询问道:

"您觉得我女儿说的是真的吗?"

"我不觉得圣子可以自己捏造这些内容,没有经历过是不可能说出这些话的。"

"但是学校经过调查,结果是全盘否认……"

"您也不用非得问出个什么来。下次圣子再提起这些事的时候,您只要先倾听并接受就好。"

坂井医生再次把圣子叫进诊室。

"刚才我听你妈妈说了,你在学校经历了一些糟糕的事,但这并不是你的错。"

大夫转而对我说:

"我很担心可能还有其他孩子受到侵害。如果有需要的话可以再来找我,您跟大家说一下吧。对孩子而言,越早进行疏导越好。"

这一天是满月,夜空中的月亮皎洁明亮,宛如路标。回家后,我跟几个牵牛花班的高年级女生的妈妈通了电话,建议她们都带着孩子去接受一下检查。

"咱们换换心情,一起去旅游吧。"

孩子爸爸开车带我们一家出门旅行了。"我还是留在家里准备考试吧。"百合子没有去，于是我们邀请了小爱。

在夏威夷风格的泳池戏水后，我们走进了自助餐厅。

去取食物的时候，圣子拿着盘子，神情骤然僵住了。她眼前是一大盘冷豆腐。

"我不吃豆腐。上面撒着鲣鱼屑，看起来就像毛乎乎的小腿，太恶心了。"

冷豆腐似乎让她想到了高木老师。

之前我就在电话里听母亲说"圣子变得不爱吃豆腐了"。我家本来不怎么做豆腐，这是我第一次看见圣子有这种反应。

在车上，小爱突然说起高木老师的事。

"高木会这样把手放在椅子上。"

"什么？"

我从副驾驶座回过头，望着坐在后排的孩子们。小爱摊开双手，手心朝上。

"就这样放在椅子上，所以坐下的时候得格外注意。他会撩起裙子，把手伸进内裤，还进女厕所呢……进厕所后又不停地敲门。"

"好讨厌啊。"

我有些不知所措，随便答应了一句。

难道其他孩子也受侵害了？

"但是不要告诉其他人哦。尤其是不要告诉我爸爸，不然肯定又会闹出大动静。"

既然小爱这么说了,我也不好问东问西。毕竟好不容易出来玩一趟转换心情。过了周末,我才给小爱的妈妈打了电话。

第二章　决堤

退潮

海浪袭来之后,圣子好似被退去的潮水裹挟着一般,在高木老师无形的阴影中越陷越深。

下一个星期三,我在厨房准备圣子最喜欢的奶酪焗菜,在客厅听音乐的圣子突然开口了。百合子和千春都去朋友家玩了,还没回来。

"高木会露小弟弟。"

"什么?"

本在切土豆的手滑了一下。我回过头,看见圣子的眼睛空洞地死死盯着一处。

"我说恶心,他就骂'死婆娘'。""我说别露出那里,他就说'有什么关系'。他也会在别的同学面前露出来。""我洗手的时候,他会捏我的胸。""把我衣服掀起来。""他闯进厕所,有时还走进隔间。我即便道歉,他也不肯出去。""挠我痒痒后,他会打我脸。""他说我的头发像妖怪,扯着我的头发把我拖到走廊。""他说'就是你这张嘴不乖吧,我要用剪刀剪开它,宰了你'。""他叫我把钱交出来,我说没有,他就生气。"

圣子一句接着一句，不给我提问的余地。像决堤了一般，控诉如洪水般涌出。她还提到了班里其他同学受到的侵害。我马上打开客厅角落的电脑，这些话都是她第一次说，只凭大脑根本记不下来。

冷静、冷静。

上次在卧室听见圣子说"他把手伸进我的内裤"时，我没忍住哭了出来，这次我努力使自己保持镇定，不让圣子看出我的动摇。从前，我一回应"是吗"，她便默不作声，所以今天我什么都没说，只是拼命打字。

说完之后，圣子一屁股坐在地上，呆呆地望向电视那边。我忍住没有开口，默默回到厨房。

高木老师不在学校后，圣子看到其他女孩开始吐露自己的遭遇，或许多少也觉得，即便说出来也不会有杀身之虞。

隔了一天，我试着问圣子：

"为什么之前不说呢？"

"因为他说不行。"

圣子眼帘低垂。

我自己也因为圣子的事，还有那场否认受害事实的"六对一"谈话搞得夜不成眠。有时心脏会扑通扑通跳得厉害，有时又突然汗如雨下。我开始去看心理医生，服用抗抑郁药和安眠药。

"必须和学校的老师说清楚到底发生了什么。如果不尽早为孩子做点什么，后果不堪设想。"

心理咨询师坂井医生的表情严肃了起来。

我再次向伊地知校长和市教育委员会申请面谈。

"我们没时间。"

我的提议如石沉大海。

10月中旬,我接到了小爱妈妈的电话。

"我家孩子也被高木老师……"

我有些喘不上气,既感到骇然,又觉得不出所料。小爱妈妈说,高木曾让小爱摸他的下体。

挂了电话,我发现圣子在客厅。圣子会不会也遭遇了同样的经历?我一边祈祷着,一边对圣子说:

"圣子,高木老师还有没有做其他让你反感的事?"

圣子没有看我。

"其实小爱好像和她妈妈说了很多高木老师的事。"

"……"

"你还有没有其他事没告诉妈妈?"

"他把小弟弟塞到我两腿之间。"

果然,事情越来越严重了。

"站着?"

"躺着。很痛。"

圣子用双手按住自己的脑袋两侧。

"他这样按着我的头,使劲撞,很痛,还流血了。但高木说不可以告诉别人。"

圣子躺在床上,握成拳头的手在肚子上方来回挥舞。

"他说要用小刀剖开我的肚子,把我杀掉。"

我强忍泪水,在日历背面拼命记下这些话。

律师

打官司。我第一次想到这个原本和我无缘的字眼。

起因是小爱的妈妈咨询了孤独症儿童家长协会。协会成员找到了几位记者和律师,这些律师曾帮助受虐待的认知障碍儿童打赢过官司。他们评估后的意见是"民事诉讼或许是个好办法"。

在小爱妈妈告诉我之前,我从来没想到要报警或起诉。但另一方面,我和学校的对话确实陷入了死胡同。

"我们还是去咨询一下吧。"

小爱妈妈带我来到律师事务所。

我们被引导至一个十平方米左右的会议室,里面有一块白板,三位女律师已经在那儿等候了。

小爱妈妈简单介绍了一下事情经过,扎着麻花辫的阿部律师忍不住叹了口气。

"校方完全不承认您女儿的控诉吧。"

"是的,我们也没有亲眼见过,拿不出证据……"

"虐待的案子里,很少有施害者会主动承认的,何况性侵经常发生在密室环境。最麻烦的是,现在日本的法庭上,儿童和认知障碍人士的证言很难被采纳。"

20世纪90年代，曾播出过一部名为《圣者的行进》的电视剧。那部电视剧以水户事件为原型，而阿部律师是该事件受害者一方辩护团队的一员。

水户事件得名于其发生地水户市。身为当地知名企业家的纸箱制造公司的老板，曾多次性侵患有认知障碍的女性雇员。但警方和检方都暂缓考虑通过刑事诉讼问罪，因为老板坚持否认，而能够正确说出受害时间和经过的被害人少之又少，他们认为"难以公审"。

"对儿童和认知障碍人士而言，时间和场所是最难说清的。刑事审判不该有冤罪，所以当施害者坚决否认时，就需要找到确凿的证据，这个过程往往存在许多困难。"

因此，她们建议像水户事件一样，走民事诉讼程序。

"如果您能将事情经过梳理在纸上，对我们后续的工作会很有帮助。"

回家后，我整理了自己手记的圣子至今为止说过的话。为了方便律师查阅，我把这些话都在电脑上打了出来。

文档名叫"牵牛花班记录"，按照时间顺序记录的事件多达七八张A4纸。我把这些打在电脑上后，就扔掉了原来写在传单等废纸上的记录。那时我还不知道保留最初的纸质记录有多重要。

第二次，我们带着圣子她们一起去了律师事务所。这次，她们又说出了一件受害经历——高木曾用风筝线和胶带勒住她们的脖子。

不过，民事诉讼需要自己请律师，得从搜集证据开始准备，而且定金接近一百万日元。

"我们也不知道能不能打赢。"

律师们直言不讳。认知障碍人士和儿童受害的案件很难搜集证据，个中苦涩她们应多有体会。

不久之后，小爱妈妈打来电话说"民事诉讼没戏了"。她没有解释详细理由，但好像一开始我们就搞错方向了。

寒风

寒风阵阵，街上别具风情的椰子树战栗不停。

进入 11 月后，圣子的精神状态比上个学期还糟。她在看电视的时候眼睛时常茫然无神，只是呆望着某处。她拔头发和在夜里呻吟的次数也更多了。有时，她突然情绪激动，为一点小事就发火或哭泣。圣子之前是个话很少，不爱显露情感的孩子，如今简直变了一个人。

我思前想后，还是不能就这么算了——

圣子的控诉一个接一个，学校那边却不予回应。希望渺茫之际，我们夫妻决定和小爱的父母一起，再次与校方沟通。

下午六点，孩子们都放学回家了，我们四人来到空荡荡的学校，向伊地知校长和角田副校长说明这学期开学以来，女儿们控诉的高木老师的行径。

> 触摸孩子的胸部
> 将手伸进孩子的内裤
> 露出私处,强迫孩子触摸
> 在孩子洗手时触摸其胸部
> 朝着厕所叫喊"你在里面吧!"
> 在帘子后乱摸孩子
> 挠孩子痒痒时打脸
> 逼孩子交钱
> 对孩子说"要用美工刀剖开你的肚子"
> 把孩子的头按在地上
> 把孩子从楼梯上推下去,导致孩子受伤
> 对孩子说"头发像鬼似的"
> 用美工刀割孩子的手
> 经常殴打孩子,其他老师劝阻时,斥责"给我闭嘴"
> 让孩子摸他的小腿,说"像豆腐一样软乎吧"
> 对孩子说"不给我生孩子的话就把你肚子剖开"
> 用风筝线勒孩子的脖子
> 对孩子说"把你冲厕所里吧"
> 在泳池边用球砸孩子,用胶带绑住孩子手脚
> 用花盆托盘击打孩子头部
> 把胶带贴在孩子脸上

对孩子说"你们的人生就此结束"

差点脱下孩子的内裤

四年级学生集体上体育课时，在教室光着下半身跳舞

总共有二十四条。伊地知校长和角田副校长一直低头做笔记，我们恳请道：

"请再详细调查一遍吧。"

"如果是事实的话，性质可太恶劣了……"

伊地知校长再次望向桌面。

"圣子和我都被诊断为创伤后应激障碍，正在服药。"

"……"

"请您无论如何再调查一次！"

"我们会再次跟班主任和助教核实的。"

第二天，我们和市教育委员会的负责人也说明了情况。接待我们的是教育委员会的教育次长福士先生，他向我们郑重保证：

"我们会对教职工进行逐一调查，也会向高木老师核实情况，有结果马上通知各位。"

但是，一旦涉及如何处置高木老师的问题，他的态度马上冷淡下来。

上个月，伊地知校长在家长会上说"各位家长可以告诉孩子，高木老师去了很远的地方，再也不会回来了"。可实际上，高木是在学校附近的市政大楼里研修。

"高木老师去研修的路上如果和孩子遇见怎么办？"

福士先生笑了出来。

"但我们也不能叫人家钻地底下去吧。"

"研修结束后，他又会恢复教职吧？"

"嗯，是这样的。"

我把之前就徘徊在脑海中的疑问也一口气说了出来，就是那些他们劝圣子转校时常常挂在嘴边的说辞：

"'新学校是一所模范学校，有着出色的课程安排'这话，到底是谁说的？"

"是谁呢，有说过这种话吗……"

俨然一副事不关己的姿态。

与此同时，伊地知校长的调查结果却指向了另一个方向。

早上八点半，伊地知校长在校长办公室展开了查问，班主任和助理教员一个接一个走进办公室。后来，我们请求公开内部调查报告才知道，在三十分钟后的九点，提交给市教育委员会的报告是这样写的：

"无法确认受害事实。"

收到报告后，市教委当天傍晚就和高木老师核实了情况。下一周，科长就到学校和当时牵牛花班的教职人员逐一进行了最后的核实。科长与教职工谈话时，伊地知校长和角田副校长也在场。

但没有人联系我，也没有人联系小爱的家长。

"距离我们申请调查已经过去两周了,有结果了吗?"

孩子爸爸等得不耐烦了,勤劳感谢节[1]三天假期刚一结束,他就给市教委打了电话。

"嗯,关于这件事,学校会和您联系的。"

孩子爸爸不愿意一直等下去,就主动给学校打了电话,角田副校长的回复很冷淡。

"调查已经结束了。关于您提出的二十四项控诉,我们均无法确认受害事实。"

"什么?"

孩子爸爸一时无法理解副校长的话。

他本想,为人师表,一定会对这件事做出相应处置。

这种期待如玻璃般被击碎了。

我们赶紧联系了小爱家。小爱爸爸给市教委打了电话,结果原本郑重承诺会进行调查的教育次长福士先生和之前简直判若两人:"这件事我们没义务上报给县教育委员会,如果出了什么问题,全部责任由我承担。"

我为一些PTA[2]的事务前往学校。在学校里我见到了角田副校长,他将装有调查内容的信封递给了我。

就二十四条控诉,校方对原班主任、教师、助理教员

---

[1] 勤劳感谢节为每年的11月23日。
[2] 即家长教师联合会(Parent-Teacher Association),由家长和学校教职人员共同组成,旨在促进家长参与到孩子的教育中来。

进行了一对一的问答调查。调查结果是，无法确认任何一条控诉内容的真实性。

一张纸上的几行字就是全部的调查结果。孩子们的控诉被完全否认了。

刑警

"孩子们出现这种想法，是不是有什么原因啊？"

我和这学期的班主任花山老师谈起圣子精神状态的起伏后，他这样回答，好像一切不过是孩子们的误会。从上学期开始就带班的健太老师一言不发，只是默默听着。

"学校不承认，我们又没证据……"

我跟朋友叹气道。

第二天，我们家的电话响了。电话那头的男性自称"刑警"。

"要不要跟我详细说一下事情的经过？"

原来是我的朋友愤慨于校方的态度，就通过其家人联系到了警察。

孩子爸爸正在出差中。

"好的，但是您电话来得突然，能不能让我考虑一下再给您回电呢？"

挂了电话之后,我先和小爱的妈妈商量。

"警察啊……"

我俩不知如何是好,一时陷入沉默。

"学校和市教委一口咬定这种事不可能发生。"

"是啊。"

"还是试试看吧,毕竟难得有人愿意听我们说说。"

小爱妈妈的这句话给了我动力。

我告诉警察,第二天一早我会带女儿一起去警察局。

那天晚上,圣子在床上叫住我。

"高木在教室里尿过尿。"

她之前也说过类似的话。但我总觉难以置信,便一直没当回事儿,可这时突然有了一种不好的感觉。

"圣子,尿是什么颜色的?"

"白色的。"

"尿应该是黄色的吧?"

"白的。"

"也不透明?"

"白的。白色的尿一下子喷出去。喷到妈妈买给我的短袖上了,就是胸口的位置,我在学校里洗掉了。还喷到过我头发上呢。超级臭,恶心死了。"

原来这才是她回家后径直冲进浴室的原因。

为了拯救女儿和她的同学,不该再这么忍气吞声了……

我望着熟睡的圣子,不知不觉间,一缕微弱的晨光从窗帘的缝隙透了进来。

"今天圣子不舒服,我们希望请假。"

给学校打完电话后,我驾车载着圣子,途中接上小爱母女,沿着海滨公路向东开去。前方的朝阳十分耀眼。

我们行驶至连接着另一片街区的大桥旁,来到警察局。一楼是交通管理部门那熟悉的前台,负责驾照或车库等事宜。我们走过前台,直接上了二楼。

带着些许忐忑,我敲了敲写有"刑侦科"的门。门上无窗,从外面不能窥见里面的样子。

"不好意思,打扰了。"

"请进,这边请,不好意思劳烦您来一趟,我就是跟您联系的桂。"

穿着深蓝色制服的男子递来印有"巡查部长"[1]的名片。偌大的办公室里,眼神犀利的刑警们来回忙碌着。桂巡查部长下属的一位女警察微笑着对圣子说"这边请",将我们带到了办公室角落的一张大桌子旁。

"我们想和妈妈们分开说话。"

在小爱的要求下,警察拿来了隔音的屏风,将孩子和家长分开。

警察和孩子们谈完后,那位女警察拿着一张画纸走了过来。

---

1 日本警察级别,大概相当于中国的警司。

这据说是小爱一边说着"触电了",一边画下的。

桂巡查部长盯着画看了好一会儿。

"难道,这是电棍吗?"

"什么?他竟然对孩子做出这种事?"

我捂着嘴,眼泪流了出来。

圣子和小爱从后面走来,我急忙拿出手帕,擦了擦眼角,深吸了口气,问圣子:

"圣子也被电过吗?"

"电过啊!"

"电哪里了?"

"脖子,还有胸。"

其实我也不太清楚,电棍具体是什么样子的。

"痛吗?"

"痛得要晕过去了。"

看着愤懑的圣子,桂巡查部长说:

"很不幸,圣子妈妈。这么小的孩子能说出这种话,我觉得可信度很高,应该是真的。"

桂巡查部长对圣子她们保证"一定会把高木抓起来",然后转过来小声对我们说:

"但是老师本人否认的话,打官司会很难。我们当然会尽力,也希望你们能理解这一点。"

我和小爱妈妈互相看了一眼,向彼此点了点头。

"我们明白,拜托您了。"

一定会把高木抓起来——

警察的这句话给了我一丝微弱的希望。

女警察在电脑上整理了今天谈话的内容，打印出来递给我们。我们在纸上签了名字，按了指印。

纸的抬头处写着"受害申报"。

调查

我们几乎每周都会被桂巡查部长叫去警察局两次。

"感觉我们好像在警察局打工呢。"

我和小爱妈妈开着玩笑，互相鼓励。

不仅是桂巡查部长，有时检察官也会参与调查。检察官拥有刑事案件的起诉权，有责任在诉讼中提供证据，但在警察抓捕嫌疑人之前就和受害者直接对话似乎是比较少见的。调查形式之特别，一方面说明了警方的努力，一方面也体现了案件的难度。

其中，对圣子她们的询问尤其困难。

孩子一般不会主动讲述性虐待的经过。

"孩子会把事情埋在心底，有人甚至直到二十年后才说起受害经历。"

心理咨询师坂井医生告诉了我一些过去的病例。坂井医生特别担心圣子她们会受到二次伤害。

"警察努力调查是好事,但在与孩子建立信赖关系之前就不停追问受害经过是很危险的。"

坂井医生提议,由平时给圣子她们看病的儿科医生进行询问,并将过程拍成录像,用作刑事诉讼的证据,这样就可以避免孩子们一遍遍地重复讲述痛苦的经历。有录像作为法庭上的证据,孩子们也就不必出庭站在证人台上了。

警察也接受了坂井医生的提议,录像就在大学附属医院的儿科进行。为了减少孩子们的紧张感,我们选择了可供孩子玩耍的大房间,在里面摆放了很多玩具。警察躲在柜子后面,观察坂井医生与圣子的对话情况。

拉西哆西拉,拉西哆来咪,来咪发唆拉,拉西哆来咪——

"哇,圣子好棒啊!手指比之前更灵活了呢。这是什么歌呀?"

坂井医生跪在地毯上,靠近正在弹儿童钢琴的圣子。我在圣子另一侧的椅子上坐下。

圣子有些不好意思,继续弹着布格缪勒的《阿拉伯风格曲》。医生和她聊了聊中午在饭店吃了什么,见圣子放松下来,医生趁机问道:

"圣子,现在学校里已经没有讨厌的事了吧?"

圣子的手停了下来。她看向我,表情有些困惑。

"圣子,是这样吗?"

我接话道,坂井医生随即又问了一遍:

"是不是没有了?"

"没有了。"

圣子移开视线,望向柜子,轻轻说道。

"没有了就好。那还有其他担心的事吗?"

"……"

"喜欢上学吗?"

过了一会儿,圣子摇摇头。

"为什么?"

"因为健太老师还在。"

圣子说的健太,就是袒护高木的另一位老师。

"健太老师是男的还是女的,圣子可以告诉我吗?"

"男的。"

"男的?这样啊。圣子是不是有点怕男老师?"

"怕。但是另一个男老师还挺温柔的,就是健太老师有点可怕。"

圣子拿起桌上的悠悠球,话题逐渐转向高木老师。

"高木老师说,我被冲到厕所里了。"

"高木老师说的?"

"还说景子去了一个什么地方,已经死了。"

"高木老师这样说吗?"

"还说把我关到厕所里。"

"你被关到厕所里了吗?"

"嗯,有过。"

"你们干什么事会被关到厕所里?"

"……"

"什么都没做也会被关进去吗?"

"嗯。"

"你是自己一个人的时候被关起来的吗?"

"不是,还有其他人。"

"大家都在的时候?"

"嗯。"

"高木老师摸你胸的时候其他人在吗?"

"在啊。"

圣子趴下来,开始翻书。

"老师摸你胸的时候?"

"在啊。"

"都有谁在?"

我忍不住插了一句,圣子指着绘有教室的图画,说:"就是这些人。"

"你没有在教室里光着身子站在大家面前吧?"

"……他电我。"

"那你是在哪里被摸胸的?"

"教室。"

圣子开始弹琴,闭口不语,坂井医生没再追问。

"圣子,是不是问太多教室里的事,你不开心了?"

"嗯。"

"对不起。"

"问太多的话，我睡觉的时候就会想起来。"

为避免加深受虐孩子的心理创伤，坂井医生配合着圣子的节奏，在谈话中插入了一些无关的话题，不厌其烦地引导她一点点说出当时的情况。

第三次录像那天，医生带来了一个名为"解剖娃娃"的人偶。这种道具细致还原了衣物、毛发和性器官等细节，在与受虐儿童沟通时经常被使用。

圣子比起前两次的时候更主动了，她用娃娃说明了高木老师对她做的事。录像持续了快一小时的时候，坂井医生说：

"圣子，你刚才说希望把高木老师抓起来？"

"嗯。"

"好的。那么为了让警察抓住高木，我需要问你一些必要的问题。首先，请说一下你的名字。"

"我的名字？圣子。"

"全名，姓也加上。"

坂井老师帮圣子练习了如何回答调查中会遇到的提问，如年龄、学校、家庭关系等。

"警察把刚才圣子说的话都记下来了。接下来，你可不可以告诉我们，警察叔叔写得对不对，有不对的地方就说出来，好吗？"

坂井医生对一直躲在柜子后面记笔记的桂巡查部长招了招手。

桂巡查部长一边说着"你好"，一边在坂井医生身旁坐下，手里拿着记录用的书写板。

桂巡查部长是男性,所以他尽量通过坂井医生向圣子提问。即使圣子谈及班上其他同学受到的侵害,他也没有硬把话题拽回来。

看到坂井医生展示的圣子的画,桂巡查部长最后问了一句:

"想让我们把高木老师抓起来吗?"

圣子盯着他,点了点头。他们简单核对了一下谈话内容,长达一个半小时的录像就结束了。

有一段时间,桂巡查部长并未联系过我们。再次接到他的电话是在两个半月后。那是一个晴朗的冬日。

"我是桂。今天我们逮捕了高木。"

"什么?"

圣子还在学校上学,千春正在客厅和朋友玩。

"请您等一下。"

我拿着电话分机,赶紧走进卧室。

"没有目击证人,没有证物,也能逮捕吗?"

"对,就凭 7 月 7 日那天他摸了圣子的胸,有强制猥亵的嫌疑。"

我来到警察局,他们告诉我"高木本人也承认了"。警察在高木老师的家里发现了许多 DVD 光盘,里面存有猥亵少女的图片。这些光盘也一并被警察扣押了。

"根据高木本人的供述,我们还有一些事情想和您再确认一下。"

圣子也再次被叫到了警察局。

为详细了解 7 月 7 日当天发生的事情,警察给圣子看了一个双肩包。圣子绷紧了面容,高木老师爱好摄影,他曾用这个双肩包装过相机。

"高木……在这里?"

圣子发出微弱的声音,差点哭了出来。她用双手揪住头发。那是一点小小的刺激就能引发的、深入骨髓的恐惧。此刻,她正在与之斗争。

起诉

被捕后的第 18 天,高木因强制猥亵圣子的罪名被起诉。

之后的一个星期,他因为对小爱实施猥亵而再次遭到逮捕。警方和检方考虑到孩子还在那所学校上学,为保护隐私,没有正式公布整个事件,但是消息还是不胫而走。从起诉的那一刻起,就开始出现了相关的新闻报道。

新闻里只提到"县里某所小学",但逮捕当天,警察拿着搜查令在学校进进出出,把高木老师的所有物品都装箱扣押。家长们开始议论纷纷,要求伊地知校长召开说明会,校方却显得十分为难。

几个积极呼吁召开说明会的母亲来找我商量。

"学校说'要保护受害者的隐私',那么圣子家是怎么想的?"

"学校说要'保护受害者隐私'?"

我深深叹了口气。比起孩子的控诉,学校更在意大人的面子,这种做法一直让我备感心痛。

"我们觉得开说明会也无妨。"

"我们可以这么跟学校说吗?"

"可以。"

毕业典礼上,学校给大家发了毕业证和毕业相册,高木老师的照片也在里面。回家后,圣子说着"我才不要呢",拒绝把相册带回房间。我安慰她"这些照片也是很难得的",但还是和其他家长一起要求把相册换成了没有高木老师的版本。再看原来那本相册,高木老师的照片上有明显的划痕。

毕业典礼结束后,学校给牵牛花班的家长开了一场说明会。伊地知校长、角田副校长、市教育委员会的畠山科长都出席了。

"虽然我们进行了两轮核查,但什么都没查到。""我们认为,高木老师和孩子独处的机会并不多。在牵牛花班里,一直有多名老师看护,不能确定是否真的发生过那种事。"

还是原来那些老话。

圣子那天要去大学附属医院检查,我因此没有参加说明会。伊地知校长在说明会上声称"高木老师本人似乎没有承认",还说"考虑到孩子的人权,这次的事情还是不要声张为好",要求家长少安毋躁。高木老师被捕以后,学校或市教委都没有向学生家长做出任何说明。

距离高木老师被捕已快两个月了。4月中旬,学校和市教委终于安排了与受害者家属的谈话。

我的心情很是沉重,但这次谈话毕竟是我们主动要求的。我听说了之前那场说明会的状况,也记得自己独自去校长办公室时,被六人包围,只得沉默不语的痛苦。这次,我想至少把地点定在住宅区这边的会议室,让对方自行过来。

"您好,好久不见。"市教委的畠山科长一脸严肃地走进房间。房间里的桌子被摆成U形,我和丈夫,还有小爱的父母四人与伊地知校长、角田副校长、畠山科长面对面坐着。

"我们这边没什么新的事情要说的……"

"高木被逮捕、起诉,你们怎么看?"

"还未公开庭审,我们也不好说什么。不过,就我们的调查结果而言,教室里人来人往,很难想象会发生这种事情。"

还是之前的那番说辞。我的丈夫沉不住气了。

"您换到我们的角度想想,难道不会觉得教育委员会的态度不端正吗?"

畠山科长歪着头,只说了句"可能吧",然后就没再作声。

"今后,根据教育委员会的态度,我们会采取一些措施的。"

谈话在不愉快的气氛中结束了。

奇怪的事开始发生了。

一位和我关系比较好的妈妈告诉我,我们家的地址和电话被挂到了网上。

我急忙打开电脑,网络论坛上的帖子密密麻麻,写的全是各地受害者的个人信息。我感到一阵恶心,还没找到写有我们信息的帖子,就关上了页面。

后来,家里就开始接到可疑的电话。

"你们是不是要在PTA大会上发起动议?"

"不好意思,您是哪位?"

"PTA的干部。"

我问了很多遍对方的姓名,可对方只重复说是"PTA的干部"。

我倒是听说过,新学期第一次PTA大会上,一部分家长曾计划发起紧急动议,要求学校对此次事件做出解释。

是你们受害者家属在背后推动紧急动议的吧——

这通电话似乎是来探口风的。

"总之,请不要再提什么动议了。"

说完,对方就挂了电话。

"孩子还要升学考试,学校名声不好的话就糟了,能不能别声张了?"

我也接到过这样的电话,虽然对方自报了姓名,但名字是假的,此外还有很多无声电话。

黄金周前的星期六,PTA大会召开了。

"最近相关的媒体报道越来越多,如果有人因此感到困扰的话,可以找我商量。"

面对聚集在体育馆里的众多家长,PTA会长在开头说道。其矛头指向的是媒体,而非学校。虽然嘴上没说,但他似乎对指出学校问题的声音感到有些不满。

会议日程结束后,千春的同学家长发起了新动议。对事件的处理也在讨论范围内,而校方的回答只是"还在公审中,我们静待结果"。更过分的是,黄金周后的PTA干部会议上,市教育委员会竟然反过来指责我们。

"受害者的每条控诉,我们都以最大的诚意一一处理,我们不明白对方为什么还要报警。"

在有外部专家参与的教育委员会例会上,市教育委员会的教育长[1]在做报告时也表达了对我们的强烈不满。

"考虑到人权和隐私,我们一直慎重处理,最后落得这番结果,实属遗憾。我们拿出最大的诚意,却不被理解,甚至还被媒体说三道四。"

好像在怀疑是我们跟媒体透露的一样。

5月下旬,校方首次召集全校学生家长,开了说明会。市教育委员会的教育长也出席了。

家长们提出了很多质疑,要求解释事情原委,并制定防范措施,教育长却以"我们能做的只是调查,而非搜查"为由,

---

1 即教育委员会事务局的负责人。教育委员会的决策通常由其下属的事务局具体执行。

强调自己能做的解释也有限度。

在学校和市教委做完说明后,孩子爸爸向大家解释了事情的经过。

"我女儿在十一个月大的时候得了麻疹,导致脑炎,落下了认知障碍的后遗症。她一发烧就超过 40℃,有过多次高烧惊厥,每次都浑身颤抖个不停。等惊厥好不容易过去,我把她背起来,就感觉后背一股热流,呕吐物流了我一身。多少次,我几乎累得要晕死过去,终于把她拉扯到现在。这样含辛茹苦养大的女儿,一遍遍哭着控诉高木老师的所作所为,你们会怎么做?夜里惊醒后,喊着'爸爸,我害怕得睡不着,我梦见老师追过来了',或突然掐住娃娃的脖子,说'爸爸,这样会死吗?'如果你们是父母,会认为她在撒谎,她在多虑,一切都是谣言吗?会就这样弃之不顾吗?"

我坐在旁边一动不动,只是俯首听着。体育馆一片寂静。

"这次的事,大家不要觉得没发生在自己孩子身上就行了,放宽眼界,要把这件事当作为孩子改善环境的契机。对于我们来说,这件事就不再只是一场噩梦,而是一次学习的机会。我不希望任何人再遭受和我女儿一样的痛苦。"

即便如此,在体育馆内,"担心孩子受怕,别再提及此事"一类的论调还是愈加多了起来。高楼林立的崭新街道上,建筑物的水泥墙沉重而冰冷。一股孤立无援的感觉向我袭来。

虽然后来还开了第二次家长会,但学校还是在重复"诉讼还没有结果""保护孩子的隐私和人权"等说辞。我们要求设立第三方委员会重新调查，校方却没有作出回应。他们打出了其他旗号，如"以家长和居民的意见为学校运营的参考，导入学校评议员制度""学校对外开放常态化"等，家长们的不满随之渐渐熄火了。

在这个过程中，我们的受害者身份越来越模糊。这时，法院才对施害者高木老师的案子进行第一次开庭审理。

"检察官所述是否属实？"

检察官读完高木对圣子和小爱实施强制猥亵罪的起诉书后，法官如此问道。

"不属实，我没做那些事。"

高木老师转而全盘否认。他声称整件事都是虚构的，不存在什么受害者或施害者。

第一次庭审后的次日早上，我才知道案件开始审理了。

我正要带圣子去医院，一打开家门，就发现门外走廊上已经架上了摄像机。

"您是圣子的家属吗？不好意思，我是日本中央电视台的牛岛。对于这次事件，您有什么看法？说一句就行了，就一句，拜托了。"

站在摄影师边上的男记者对我说道。他一张国字脸，圆眼睛，令人印象深刻。第一次见面的记者，为什么会知道我们的事？

"您怎么知道的？"

"第一次庭审的时候读了起诉书。"

第一次庭审?我怎么不知道……

"已经开庭了吗?法庭上都说了些什么?"

"对方全盘否认了。对被告人高木,您有什么要说的吗?就一句也行。"

"对不起,我没什么要说的。"

我为了赶上先下楼的圣子,便向记者欠了欠身,然后飞快地跑下楼梯。

在医院挂好号,我给负责诉讼的大畠检察官打电话说明了情况。

"我该怎么应对呢?"

"嗯,您尽量别和媒体接触,如果影响到审判就不好办了。"

"我知道了。我想顺便问一下,第一次庭审大概是什么内容?"

"内容吗?很简单,他全否认了,然后就结束了。"

"什么?怎么又变成否认了呢?"

我听学校说过"老师好像没有承认",但警察在逮捕高木后告诉我的是"高木老师承认了"。

怎么最后又变成否认了呢……记事本从我手中滑落到地上。

"那下次开庭的时间定下来后,我再和您联系。"

大畠检察官和我约定后,就挂断了电话。

栅栏外

电车的车窗外，入海口的上方积压着厚重的乌云。已是梅雨季节。

又坐了40分钟电车后，我到达法院。法院坐落于一条安静的街道旁，只有十字路口的红绿灯的信号音响个不停。那条街道附近多是政府机关。

走廊上，我和市教育委员会的工作人员擦肩而过。他们正和蔼地跟我不认识的女性说话。

我走进第二次庭审的法庭，大畠检察官在左前方向我招了招手。我靠近隔开法庭与旁听席的木栅栏，大畠检察官小声对我说：

"还是媒体的事儿，您别乱说话啊。"

最近媒体的攻势很猛，大畠检察官在电视上看到过小爱接受采访的影像，因此有些紧张。高木老师的律师反应很快，想把孩子推上法庭，就跟法院反映"孩子都能对媒体说话，那也可以来开庭吧"。

"无论结果如何，今天庭审结束后，请您来一趟检察厅。"

检察官突然向我叮嘱道，我有些不知所措，退步坐到旁听席上。除了记者和市教委的工作人员，刚才在走廊上看见的那位女性也坐了下来。

小小的法庭，旁听席大约只能坐下十五个人。

正前方是法官坐的地方，法官面对证言台，证言台左边是检察官，右边是辩护律师，双方面对面坐着。被告人就坐在律师边上，而我却坐在栅栏外面的旁听席上。没有受害者家属，审判照样可以进行。我明白了为什么第一次庭审没有通知我。

"起立。"

在工作人员的号令下，法庭里所有人都站了起来。身着黑色法袍的法官入庭，坐在了椅背高过头顶的椅子上。接着传唤被告人入庭，等被告人高木老师走入法庭。他被两个刑务官押送着，腰上的警绳解开后，他看起来有些消瘦。

今天开始要在庭审中正式查验证据。在医院和坂井医生共同为圣子诊疗的芦田教授作为证人入庭。芦田教授是一位资深医师，有着三十年的儿科经验，还指导过家事法庭的调查官[1]。检察官期望他能够客观地证明圣子她们所说的受害经历。

在大畠检察官的提问下，芦田教授流畅地讲述了事情的经过，并强调"疑似患有性虐待导致的创伤后应激障碍"这一诊断是"所有医生一致同意的结论"。

"为受过性虐待的残障儿童诊察十分困难。因此我们觉得，应该由多名专家组成团队为这些孩子进行诊断。如有需要，还应该听取外国专家的意见，慎重地从多个角度展开诊断。"

"这些孩子今后能从创伤后应激障碍痊愈吗？"

"从医学角度而言是很困难的，可能性极低。我们也打算为她们提供终身诊疗。"芦田教授继续说道，"我希望大家能够理

---

[1] 家事法庭主要裁决家庭内部事务和未成年犯罪，调查官的主要职责就是调查这些事件。

解,创伤后应激障碍,尤其是性虐待导致的应激障碍,有极高概率引起精神方面的疾病,造成非常痛苦的心理阴影。"

大畠检察官和芦田教授的问答结束后,提问者换成了高木老师的律师鲛岛。鲛岛律师对医疗团队的问诊方法进行了提问。

"我感觉问诊大多是由提问者提出问题,让圣子用'是'或'不是'来回答。这种问诊方式存在诱导的风险。您怎么认为?"

"我明白您为何会有这种感受。然而,在遭受性虐待后,如果我们不提出明确的问题,孩子是不会主动开口讲述的。任何一本关于性虐待治疗的教科书上都写了这种诊疗方式。"

从鲛岛律师的提问中,我听出几个关键词。

凭空想象的"假话",来自父母的"暗示",迎合医生的"诱导"……

学校那边"无法确认事实"的说辞已经让我厌烦,而此刻的话语更具有攻击性,让人误以为错全在控诉侵害的一方。这好似一种为被告营造出无罪形象的法庭演讲。

圣子她们在证言录像中说过,跟高木老师一起担任班主任的健太老师,也用胶带缠过她们的身体。鲛岛律师就这一点提出疑问。在诉讼中,健太老师被称为"副班主任"。

"作为证人,您是否认为这是事实?"

"我无法断言,但是孩子们是这么说的。"

"那么您觉得这是真实的?"

"可信度很高。我认为健太老师确实参与过。"

"这么说来，健太老师的行为和被告人高木属于同等程度？"

"应该不属于同等程度吧。"

"为什么不属于？"

"就像主和从、领导和副领导那样，二者的参与程度明显不同。"

"先不管程度，我想问的是健太老师进行侵害一事是否属实？"

"这个……我不太明白您的意思。"

芦田教授有些困惑。

"也就是说，录像中提到副班主任曾用胶带捆绑孩子身体，当被告人高木向两名受害者的脸上砸球时，他站在一旁笑。"

"对。"

"两个孩子都这么说了，但您认为这些都是事实吗？"

"接近事实。"

这种说法很模糊，鲛岛律师马上紧咬不放。

"到底是'事实'，还是'接近事实'？您是怎么做出判断的？"

"我一边录像，一边观察，坂井医生问圣子'学校怎么样'，圣子脱口而出'(健太老师)很可怕'。她突然就这么说了出来，所以我感觉副班主任也对她做出过某些行为。"

"但是，证人对孩子说'必须把他抓起来'之前，难道没有在提问过程中提到相关的事吗？"

"我不明白您的问题。"

"也就是说……"

鲛岛律师有点急躁起来。

"证人以孩子所说的全部属实为前提,对孩子表示'健太老师很坏,必须惩罚他'。证人是否认为副班主任的参与属实?"

"因为在诊疗中孩子主动说出曾被健太老师侵犯,我们就顺势说要把健太老师也抓起来。"

"但是副班主任并没有被逮捕。就这一点,我无法理解。"

"副班主任什么?"

"没有被逮捕。"

"什么?没有被逮捕?"

芦田教授稍稍提高了声音。像是要回味证人困惑的表情一般,鲛岛律师缓缓告诉他:

"对,没有立案。"

"审判长!"

大畠检察官站了起来。

"我想证人无法回答副班主任为何没有被逮捕这种问题。"

于是法官开口转述了问题。

"那么,就让我直截了当地问吧。辩方律师是不是想说,芦田教授是否认为高木老师和副班主任就是犯人?"

"我明白了。"

芦田教授深吸了一口气,挺直了身体。

"我只是全盘接受了她们对我说的话,仅此而已。否则无法建立信任，也就不能问出更多信息。"

鲛岛律师的表情放松下来，嘴角露出了微笑。

最后，换成法官对芦田教授提问。

"到底是本人说的，还是其他人先说的，这在审判中是关键。关于这一点，您是否在病历中有意识地明确记录过？"

"诊疗时没有这个功夫，病历上只能记一些必要的东西。"

"我理解真的患有创伤后应激障碍的话，是很难还原受害过程的……但就病历而言，我发现即使到今年，病历中还记有很多关于受害情况的新内容。"

"是。"

"有些事情，我们是不是不便直接问？"

"在诊疗中还原受害经历，是治疗的一个环节。"

"比方说，辩方律师在纸条上写下希望提问的问题，再由您在诊室询问，这样做有困难吗？"

"小爱接受电视台采访后，状态变得很糟糕，我刚和她的家长说好之后不要再那样了。无论是小爱还是圣子，两个人的状态都很危险。"

"这样啊……"

法官话说了一半，便不再提问，这一天的庭审就结束了。

双方各执己见，为了核实事情的真相，或许有必要让当事人圣子她们到法庭上来，听听她们的说法——

法官可能是这么想的。

关于圣子的受害经过，最先接受提问的是我。

"下次开庭时，请您出庭做证。"

大畠检察官如此通知我。我能做好证言吗？就连芦田教授，在法庭上都被咄咄逼问。一想到那番景象，我就不觉后背发凉。我夹着手拎包，一路小跑奔向检察厅。

大畠检察官向我说明了询问证人的流程。

"请您牢牢记住，到底是何月何日发生的事情。如果有不清楚的地方，千万不要勉强自己去回答。"

我出庭做证预计是在一个月后。每星期至少一次，晚上结束兼职后我要赶到检察厅，和大畠检察官碰头商量。

乌云

大家都在为奥运会而兴奋不已。

奥运场馆内灯光点亮，模拟出海水的效果。大海与星空互相融合的景象，让我想起在阳台上看到烟花的那晚。那是这个城市为我们留下的美好记忆。

在这样的氛围中，7月下旬，我迎来了出庭做证的日子。

如果我的证言让圣子陷入不利的境地该怎么办——

从前一天开始我就睡不着觉，早上起来也吃不下任何东西，体重一下子掉了四斤。而那天十分闷热，气温超过30℃。到了下午,沉重的乌云压过来,好像马上就要下雷阵雨了。

下午一点半。我从旁听席穿过木栅栏,站到证言台前。证言台上有录音用的话筒。在法官前方的书记员的催促下,我从头念了一遍自己签过名、按过指纹的宣誓书。

"我宣誓,遵从良心,如实做证,毫无隐瞒,口无虚言。"

坐在我右手边的,就是让芦田教授左右为难的鲛岛律师。

"看着前方就好。"

大畠检察官曾这么嘱咐我,我努力不去注意鲛岛律师的存在。左侧的桌子后面,大畠检察官站起身来。

"证人是圣子的母亲,对吗?"

"对。"

大畠检察官称呼我为"证人"。

"圣子说过谎吗?"

"说过。"

"什么样的谎?"

"比如说,吃过东西却说没吃,没吃过药却说吃了。"

我的回答都是提前商量好的。

法庭上,陌生的记者也在旁听。是否要直言女儿曾说过谎,我对此也有些犹疑。但大畠检察官了解到,高木老师的律师要搬出圣子喜欢鬼故事,以及在学校讲过有关鹳鸟的传说的事,从而给人造成圣子惯于空想的印象。所以我们有必要提前整理圣子说话的特点,以展现她是如何观察"真相"的。

"也就是说,刚才您提到的那些谎言,都是圣子基于自身经历编造的，对吗？"

"对。"

"她会一直重复那些谎言吗？"

"不会。她只会在具体情形下撒谎，之后不会一直重复。"

"圣子说谎时，证人能看出来吗？"

"可以。她很不擅长撒谎，马上就露馅了。"

"圣子有没有反复说过自己从来没有经历过的事？"

"没有。"

接下来，通过回答大畠检察官的提问，我们向法官讲述了事件发生至今的经过：在市教育委员会的劝说下转到新学校；学校坚持否认我们的控诉；圣子在确诊创伤后应激障碍后精神状态一直恶化；我自己和小女儿千春也在接受药物治疗……

"我决定报案，是因为觉得如果继续放任教育委员会或学校处理，可能永远都无法找出真相。我不想忍气吞声，再三考虑之后，才采取了这种方式。"

"证人如果有什么想对审判员说的，现在可以说了。"

大致过了一遍之前商量好的提问后，大畠检察官向我说道。我回忆着经过大畠检察官检查的文稿，目不转睛地直视男性法官。

"从圣子口中听闻这起事件已经一年有余，可我们一家心中的伤口非但没有愈合，反而越来越深。我至今仍清楚地记得圣子第一次跟我说'高木捏了我的胸'的情景。我很惊讶，本应是最安全的地方——学校，却发生了这种事情。由于无法确定受害日期，我们一时难以起诉，后来孩子讲述的一次次性虐待和暴力，其可怕程度超过了我们为人父母的想象。多个孩子都在不同时间、不同场合控诉过类似的受害内容。这些孩子不仅没有足够的性知识，且均患有身心障碍，她们不可能凭空想象出这些内容，也不可能背地里统一口径地撒谎。这些孩子更不可能为了陷害如今已不在学校的老师，而长期重复同样的谎言。这对她们而言没有任何好处，她们没必要这么做，也没能力这么做。这些敏感而脆弱的孩子用尽勇气讲述受害经历，而学校却以'难以置信''本人未承认''没有目击者'为由，未做出恰当的处理，这更让我们备感失望。哭诉无门的孩子，只能一直默默忍受，一想到这些我就感到撕心裂肺般痛苦。"

我将心底那些身为残障儿童家长的苦恼也一并吐露了出来。

"当得知女儿因疾病成了残障儿童时，我一时感到过丧女之痛，就好像曾经那个健康的女孩死去一般。经过这次事件，孩子纯粹的灵魂被摧残掉了，我为此感到无比悲伤。身为残障儿童的家长，我没有一天不为孩子的将来思虑。因为她所患有的残疾，我每天都在担心女儿是否会遇到什么不好的事。为了守护我的女儿，我希望自己要活得比这孩子更长久，哪怕只多一天也好。然而，我万万没想到，在她还是小学生的时候，而且是在公立学校，就发生了这种事。没能保护好含辛茹苦养大的女儿，我感到追悔莫及。

"成年女性都很难对性虐待做出控诉。孩子不明白自己身上发生了什么，出于恐惧和羞耻，常常不知所措，甚至把错误归于自己。她们像抓紧最后的救命稻草一样倾吐这些事，言语里或许多少会有些记不清的地方。"

"但是……"我用力说道。面无表情的法官好像微微点了点头。

"我不想夸大其词，模糊事件的本质。我只想说，这是教师在密闭空间犯下的罪行，是强者对弱者施加的卑劣行径。如果什么都没发生过，孩子是不会受伤的。她不会做出拔头发的自残行为，不会在梦里发出痛苦的呻吟，不会在夜里因害怕而哭醒。我们抱着很大的觉悟和勇气，才选择报警。隐私受到侵害，被人诽谤中伤，这些我们早有心理准备。比这些更重要的，是防止更多的孩子受伤，是不辜负鼓起勇气告诉我们实情的孩子，这就是我们最终决定诉讼的原因。圣子至今仍没有摆脱对老师的恐惧，她曾说'希望老师再也不要被放出来了'，我作为家长也是同样的心情。为了避免更多人遭受和我们一样的痛苦，我诚恳希望法院能够从重处罚。感谢各位的聆听。"

交叉询问

结束这一段询问后，大畠检察官坐回座位，换成鲛岛律师进行交叉询问。负责速记的书记员也换人了。接下来要发生的一切都没有剧本。我骤然感到坐在右后方的高木老师带来的压力。

"向前看。即使有不明白的地方,也不要看我。"

我回想起大畠检察官告诉我的话。在法庭上有个特别的规矩,证人回答时必须面向法官,而不是提问者。因为据说法官在做判断时,除了审理证据,还会观察证人的眼神和表情。

鲛岛律师询问了七夕那天的情况。

"您是怎么听孩子说何时发生了那件事的?或者说,当时孩子并没有说明事件发生的时间?"

"那时她没有说是什么时候发生的。"

"只说了'今天'对吗?"

"对。"

"那她说了事件发生的地点吗?"

"说是'帘子那边'。"

"那有没有说,事件发生时还有谁在场?"

"她没有说具体的情况。"

"我能理解7月7日当天您没有询问这些细节,但是直到今日,您都没有问过吗?"

"因为是在帘子里发生的,我估计她也看不见边上有谁,所以没有问过。"

接着,鲛岛律师开始询问圣子说裤子拉链被拉开,内裤被脱下来时的情况。

"那是什么时候的事?还是说,没有说明时日?"

"没有说明时日。"

"那地点呢?"

"也没有说明地点。"

鲛岛律师的双眼在眼镜后面像狐狸一样闪烁。那视线就好像在说——你们当父母的连这些事都没问过啊。接着,他又问了我带圣子去学校,和健太老师确认地点时的情形。

"您还记得那时和老师说了什么吗?"

"记得。"

"都说过什么?"

我没有准备过相关资料,只能挑战一下自己的记忆力。

"我问'在哪里发生的?'圣子回答'那里'或'这里'。然后老师就说,他不觉得会发生这种事。"

"他有没有说'那天那里的帘子是拉开的'这种话?"

"我从没听他说过。"

"您记不记得,当时他说过'这里的帘子是拉开的'?"

"完全不记得。"

"最后,事件发生的地点就变成了风琴后面?"

"不是,那天我们没有得出这种结论。"

"可我了解到的是……"

鲛岛律师开始哗啦哗啦地翻资料,然后大声读了出来。他手上拿的是学校相关人员的证词集。

"副班主任说那天帘子是拉开的,因为做咖喱摆了很多东西。然后,大人问是不是风琴那里,圣子也改口说是风琴那里。是不是有这样一段对话?"

"没有。我第一次听说帘子是拉开的。"

"所以第一次受害的地点还是变成了风琴边上,对吗?"

"我不这么认为。"

"据说,在警方调查的过程中,当助理教员和副班主任被问到事件发生的地点时,他们回答是在风琴后面。我听说警察是以此为前提进行调查的。所以,第一次受害应该是在风琴附近吧?"

"是我说的吗?"

我开始与凌乱的记忆展开斗争,向鲛岛律师求证。

"不是,是警察说的。"

"警察记录在了什么地方吗?"

"我也不知道。"

"我是第一次听说这些内容。"

鲛岛律师好像有些焦躁,又重复了同样的问题。

"您是说不在风琴那边吗?但是孩子自己指过风琴那边吧。"

"是指过。"

一直听着我们对话的法官开口了:

"律师不是问您现在怎么想,而是在问您是否曾经认为地点就在风琴后面。"

"孩子说她在风琴后边也遭到过侵害,所以我觉得应该发生过这种事。孩子曾说受害地点有很多,并不止一个地方。"

"律师的意思是,其他人说是在风琴后面,所以会不会是您记错了。您以前是否说过会造成这样误解的话,或者在说明事件经过时,有没有和其他受害经历混为一谈?"

"在我看来,圣子那时指了帘子,也指了风琴,我把她的话转述出来,就成了现在这样。"

"关于7月7日发生的事,您是否可能说过'在风琴后面'?还是说您不记得了?"

"……"

面对法官的追问,我沉思了一会儿。法官和鲛岛律师手头都有成堆的资料,他们一边翻阅,一边向我提问,而站在证言台前的我两手空空,能依靠的只有自己的记忆。

> 如果有人说"你之前是这么说的",但你不知道自己说过没有,你就回答"写在哪里?给我看看。"

检察官传授给我这些法庭技巧,已经是很久之前的事了。

我小心翼翼地选择着自己的语言。

"笔录上写着圣子指过这里,也指过那里,所以我可能也这么跟警察说过。"

我没想到他们会咬住地点问题,追问得这么细。

控诉受害的是小学生,受限于认知能力,用词多少有些模糊,这不应该通融一点吗——

这是我本来的想法。但是在刑事诉讼中,不在场证明若是成立就会判决无罪,所以时间和地点一定要严密准确。

"您作为母亲,肯定不希望真的发生过这种事……"

鲛岛律师继续动摇我的内心。

"您自己有没有去确认过,孩子所说的是不是事实?"

"我问过女儿好多次。"

"有没有跟她说过'不会有这种事吧'?"

"说过。"

"比如说,圣子说被告人和副班主任只穿着一条内裤,在蹦床上跳舞,然后跑到走廊上去。"

鲛岛律师搬出的这个例子,我第一次从圣子口中听说时也不敢相信。

"我感觉,从常识来讲这种事情根本不可能发生。您有没有责问过圣子'怎么会有这种事',或者'再说清楚一点'?"

"我问过。后来,她跟我说的所有事情都超出了我的常识范围,我便开始觉得她说的或许都是真的。"

"那么再举个例子,圣子说她被电棍电的时候,都吐血了。"

"对。"

"那为什么没有沾上血迹的物件呢?"

"我没有确认血迹。圣子说她痛得差点晕倒,所以我认为圣子想说的可能是,太痛了以至于她觉得都吐血了。"

"圣子说'风筝线勒住脖子时,有女老师进行了劝阻'。您觉得这也是事实吗?"

"对。从第一个学期开始,圣子就好几次掐着娃娃的脖子,问我这样会不会死。后来我联想到了风筝线的事,觉得是真实发生的。"

"在场的女老师只是劝了一下,事情并没有闹大,从一般常识而言，这也太奇怪了。即使如此，您还觉得这是事实吗？"

"是的。"

一般、常识……鲛岛律师的话里带着刺。但女儿在学校里被老师折磨这种事，本身就违反常识。

"您不觉得奇怪吗？您是否想过和女老师求证呢？从学校那里得到否定的调查结果后，您是否考虑过，这些事可能没有发生过？"

"我好几次请求教育委员会调查，每次他们都跟我说没有这样的事，所以我觉得没必要再自己亲自确认了。"

"这样说来，您认为教委和学校串通好了，都在说谎？"

我强忍住想要承认这一点的冲动。

"我没这么说。"

"可他们一直在说没有发生侵害吧？"

"我没有认为他们在说谎。我不是说他们在说谎，而是说他们一直告诉我事实无法确认。"

"但是由香里老师说她看到了当时的情况。作为一名年轻的女老师，她看起来没什么城府，是对是错，说出来应该不难吧。"

"我不懂老师的想法。"

随后，鲛岛律师还盘问起在医院里给圣子拍摄证言录像时的询问方法。

"询问过程中频繁采用了'是不是这样'的问法。当时圣子正在弹琴吧？在录像中，琴声有时甚至会盖过谈话声。一边趴着弹琴，一边用'嗯'或者'是'来回答问题。您有没有考虑过，在这种询问方式下，女儿会不会无意间给出了肯定的回答呢？"

"我在录像的哪一段里说了那句话？"

"我是在阐述看过录像后的整体感受。"

"整体感受？"

"辩方律师说的是，录像给他留下了这种印象。"

法官插了一句，为我们整理思路。

"我是在女儿回答完后，为了确认她说的内容，才说的那种话。圣子那时不太愿意提起自己的受害经历，我为了得到她的回应，有时会采取那样的问法。"

"这次芦田教授不建议您女儿出庭做证。这我非常理解，我也不愿她来到这里……"

鲛岛律师特意柔和地铺垫了一下，然后问道：

"但接受警方调查却是不可避免的吗？"

无法出庭做证，却能跟警察控诉？他的话带着挖苦的意味，回荡在法庭中。

"我们是请警察来到医院，参与了最初的诊疗。当时也有专家在场，警察是特地来配合我们的。"

"现在也有专家在场，您还是觉得不能让女儿出庭吗？"

"考虑到孩子的精神状态和不断恶化的病情，我个人不愿意让她出庭，但是一切全由芦田教授决定。"

"芦田教授说可以，就可以吗？"

"对。"

逼问至最后，鲛岛律师像是感到了我的无所适从，他一边观察着我的反应，一边问道：

"您以后打算提起民事诉讼吗？"

"我还没有想过。"

"我的提问到此结束。"

我听见鲛岛律师坐下的声音。

终于，结束了……心里的大石头落了下来，我感到有些茫然。然而，法官接下来还会追问一些问题。他也十分关心录像的拍摄。

"录像是今天提交的证据，我还没有全部看完。里面有一段提到了白色的小便。您向其他家长询问过吗？"

"出事之后问过。"

"录像里还有这样一段。'你说喷在短袖上了。这发生在哪里？厕所？教室？''嗯，教室。''其他人都不在吗？''都在。''大家都在的时候？'这里你问圣子'其他人都不在吧？小 A 和小 B 都说没看见'。但是圣子回答'都在'。我想问一下您，您询问其他家长的时候，他们有没有说过没人看见？"

法官一口气念完了证据上写的一大段对话，我一时不明白他想问什么，只能绞尽脑汁思考回答。

"我想那时只有圣子一个人是这么说的。其他家长没有提过这件事。"

"我不是问您现在怎么想。"

法官听起来像是在责备，他继续说道：

"录像里有一句'其他人都不在吧？小 A 和小 B 都说没看

见'。光从这一段来看,您似乎向谁求证过此事,并听说没有其他人在场。别人有没有向您说过没看见?"

"圣子告诉我她的遭遇后,我跟两个人说过这件事,并向他们求证。"

"他们怎么说?"

"当时他们说,自己家的孩子没有说过这样的话。"

"比如说,您女儿说老师在大家面前做了什么,或者对她做了什么。您随后在向他人求证时,有没有人表示过没看见?"

"有。"

"比如什么事?有什么事是您女儿说了,但别人说没看见的?"

"比如白色小便这件事。圣子说出了好几个同学的名字,说老师是当着这些同学的面做的,我向这几个孩子的母亲求证,有两位母亲告诉我'没听说这样的事',说孩子无法回答。还有一位母亲在几天之后告诉我,自己的孩子也说了同样的话。"

"那时,有没有别的母亲告诉您,她们的孩子也说过曾看到这样的事?"

"到了2月的时候有。"

我告诉了法官我从圣子同学的母亲那里得到的证言。

"她说她的女儿看见了,或者说她从她的女儿口中也听说了同样的事,那位母亲是这么和您说的吗?"

又是"说"又是"听说",让人很难听明白。

"是的,我是这样听说的。"

"那回到之前的问题。您女儿说高木老师当着其他同学的面对她做了什么,您听说后向其他家长求证,但其他家长予以否认。除了白色小便以外,这样的事例还有吗?"

"还有电棍的事。班上有很多孩子没有做证能力,我没有问过所有同学的家长,但的确有些家长说不知道,也没能从孩子口中问出什么。"

"有没有这种情况,您向其他家长求证以后,他们对您女儿的话表示过怀疑?"

"我觉得没有。"

眼前的法官对于圣子的受害证词似乎也感到些许无措,他的提问结束了。这时鲛岛律师又举起手,提起圣子说老师用刀划她手的事。

"刚才您已经说过,不知道划了哪只手,您没有看到伤痕吗?"

"没有看到。"

至此,对我的询问就结束了。

圣子控诉的受害经历中,"7月7日摸了圣子的胸"这一条被当作高木老师的主要罪状写进了起诉书里。因为这是圣子在受害后第一时间告诉家长的事,不易混淆时间,方便查证。但在庭审中,圣子所有发言的真实性都需要经过验证。这场庭审俨然成了对圣子证词真伪性的审判。

"真了不起,您已经很努力了。"

我和孩子爸爸一起来到法院旁边的检察厅,大畠检察官安慰道。随后他向我们说明了今后庭审的流程。

我稍稍松了一口气。回到家附近的车站时，孩子爸爸提议去居酒屋为我开一个小小的慰劳会。

"没想到我还挺冷静的，没有崩溃。"

好久没喝生啤了，我一口将啤酒灌进空荡荡的胃里。

回到家，我紧紧抱住了在家等候的女儿们。

"妈妈，你尽力了。"

"海市蜃楼"

进入 9 月后，开始了对高木老师的询问。在打破高温纪录的暑假过去之后，通往法院的柏油马路仍在太阳的炙烤下反射着强光。

"本人已经坦白了。"

高木老师被捕后，警察曾如此说道，这给了我海市蜃楼一般的希望。

> 我为了不暴露自己的猥亵行为，对她们使用了电棍，威胁她们说"把你冲进厕所""把你扔河里""像杀小猫一样把你杀掉"，以防她们泄密。女学生们把我的恐吓当了真，完全没想过要告诉她们的父母。我做了十分愚蠢的事，对此我深刻反省。为了重新做人，我打算一五一十地说出

我犯下的罪行。

这是起诉前一天记录的高木老师的口供，上面还有他的签名和指印。

> 为了发泄积攒的工作压力，我从4月下旬开始对儿童做出猥亵行为。

口供中满是这样的坦白和忏悔，其中还提到7月7日摸圣子胸的情况。"我把她带到教室后面帘子围起来的地方""其他老师都在忙着照顾其他学生，没有人注意到我把圣子带到帘子后面"。

> 我想早点坦白，早点结束。我备受精神折磨，已无心在乎之后会怎样了。

然而，在法庭上的高木老师面对鲛岛律师的提问，却声称口供受到警察的诱导，与事实不符。

法庭上禁止录音。我拿着B5大小的记事本，努力想要记下法庭上发生的一切，试图从中寻找拯救圣子的线索，但写下的内容却似乎毫无意义。

冗长的辩解结束了，接下来换成大畠检察官提问。

大畠检察官一上来就问起高木老师在被捕后提交给警察的

"自供状"。与警察官或检察官听取嫌疑人坦白后所整理的口供不同,自供状是高木老师自己亲笔写成的。

"您有没有写过自供状?"

"……我不记得了。"

能够流利回答鲛岛律师提问的高木老师,现在却有些支吾。

"我来告诉您标题吧。自供状上写着"我对圣子的幻想"。"

"……"

"您还想不起来吗?那我就读一段吧。"

  我想看看她微微隆起的胸部。如果可以的话,哪怕偶然也行,我想摸一摸。她屁股的曲线也很吸引我的注意,还有体操服紧紧裹住屁股的样子。有时她换衣服的时候没拉帘子,我会为能看见里面的样子而窃喜。她穿内裤的样子很吸引我。看见只穿内裤的她时,我会联想到那些年纪稍大一点的穿泳衣的女孩。我把她当作中意的性幻想对象。我想摸摸她的内裤,想让她再做出那种样子。

"您想起来了吗?"

大畠检察官狠狠地盯着高木老师。

第一次听到自供状内容的我紧紧握住铅笔,流下了眼泪。坐在旁边的另一位母亲抱了抱我的肩。

"这是您写的,并且签过名,也按过指印吧?"

"对,是的。"

"您为什么写下这样的自供状？"

"我不记得前因后果了。"

"难道您不是根据自己的想法才写下这些文字的吗？"

"我觉得，我或许也不能否认那些想法。"

"也就是说，您不否认吧？"

"啊，不……"

高木老师慌张了。

"不，我否认。"

"到底怎样？"

"我否认。"

"可是刚才您说过不能否认。"

"那是我写的，所以我无法否认，但那些想法，我是没有的。"

已经写下了这样的自供状，为什么高木老师还能理直气壮地说自己没做呢。我用手帕擦了擦泪水。

高木老师说他是"被逼承认的"。被捕后，曾是检察官的鲛岛律师成为其辩护律师，刑事诉讼正是鲛岛律师的强项。高木老师被拘留后不久，他们应有过会面。口供和自供状都是在这个过程中完成的。然而，在和自己的妻子会面后，高木老师突然调转态度，坚决否认罪行。

大畠检察官对高木老师的翻供笔录的矛盾之处进行了提问。翻供笔录是支持高木老师无罪主张的证据之一。

"这个翻供笔录，是在听取您的发言后写下的，我这样理解对吗？"

"对。"

"但在这份翻供笔录中，您说'我在4月下旬在教室给学生展示了性器官'，这不是事实吗？"

"我不是故意这么做的，我只是把手伸进内裤里，想要调整一下性器官的位置，但碰巧被孩子看见了。"

"您是在否认您给孩子展示了性器官这件事吗？"

"对，我没给他们看，这就是一场意外。我不是有意识地给他们看的，我只是把手伸到自己的内裤里，而不是强迫他们看，或者露出了性器官。"

高木老师的辩解是真的吗？

"怎么会有这么碰巧的事。"

庭审结束后，我问了一些男性朋友，他们如此取笑道。

对高木老师的讯问分三次进行，一直持续到了10月。

被警绳束缚的高木老师，一开始还有些憔悴，可进进出出法庭这么多次，他的言语竟变得有力起来，在法庭上也站得更直了。

第三章　破裂

搬家

诉讼中高木老师主张无罪的势头越来越强,没想到就在这时,事件却和政治扯上了关系。

"如果事情属实,我深表遗憾。这无疑是学校的责任,同时,负责管理、指导学校的教育委员会也有不可开脱的责任。"

市议会上,当议员问及相关问题时,领导市教育委员会的教育长义正词严地回答道,但之后还在重复那套老话:

"不过现在案件还在审理中,我们正静待结果。"

自治会和PTA中,一些比较有影响力的人还向市议会呼吁"不要就正在审理的案件提问"。

"你女儿在撒谎吧?"

曾有打过照面的家长这样问我。之前经常联系的朋友也不怎么给我打电话了。此外,我家的电话号码和住址却在网上被公之于众,总有骚扰电话打来。

"能不能接受我们的采访呢?"

一些报社、电视台和女性杂志记者也在关注这场诉讼,不断向我提出采访请求,让我不知如何应对。圣子和千春也对这栋能看到小学的公寓楼感到害怕。

"考虑到孩子,如果可能的话,搬家或许是一个好办法。"

心理咨询师坂井医生在了解我的情况后建议道。我开始寻找新住处。

好想逃离这一切啊——

我脑海中一度掠过这种想法,也去看了邻县的房子。但我们迟迟不动身,毕竟"错并不在我们"。

"官司仍在进行,还是再在这附近坚持一下吧。"

我和孩子爸爸下定了决心。

可以养狗,可以放下圣子最喜欢的钢琴——租房条件被限定在这两条上。11月,我们搬到了一站地外的新家。

那是一栋独门独户的老房,房龄据说已有二十五年,浴室也没有配备换气扇。

家具从住了许久的公寓里被一件一件搬了出去。我独自坐在空荡荡的客厅,一股无力感突然袭来。阳台外面,我仿佛看到了那时烟花绽放的天空。

随着开庭次数越来越多,真相似乎离我们越来越远。

对高木老师的询问结束后,在辩方的要求下,两位曾担任牵牛花班助理教员的老师也出庭了,为高木老师的无罪主张做证。

首先站在证言台前的是助理教员由香里老师,她以回答鲛岛律师提问的形式,描述了圣子控诉被摸胸后学校组织的外宿活动的情形。据她说,圣子和高木老师一起主持了活动。

"我看他们俩主持的感觉,真的很难相信会有那种事情。他们看起来关系很好。"

"一学期下来,您对他们俩的印象如何?"

"我看不出圣子很讨厌高木老师。"

"您为什么会这么想?"

"很多时候,圣子会主动接近高木老师。"

"能具体说说是什么事吗?"

"比如吃饭的时候,圣子明明有手帕,还跑去跟高木老师说忘带了。高木老师一边说'我看看,应该是带了的吧',一边在圣子放书包的地方翻找,然后圣子就笑着说'没带,别看啦,别看啦'。我印象中有这件事。"

然而,面对不同的提问者,由香里老师的"印象"却能有一百八十度的转弯。

轮到大畠检察官进行交叉询问时,他拿着高木老师被捕后由香里老师留下的笔录,询问由香里老师。

"外宿活动时,您有没有觉得圣子和其他同学的言行有奇怪之处?"

"她们俩爬到双层床的上铺,说悄悄话。"

"什么悄悄话?"

"我听见她们说'高木最恶心''高木最讨厌'。"

"您没有问问她们怎么了吗?"

"问了。"

"她们俩是什么反应？"

"好像不愿意对我说，就回答了一句'没什么'。"

"她们俩看起来像要隐瞒什么？"

"对。"

"您不觉得有点可疑吗？"

"我觉得有点莫名其妙。"

"外宿时，除了这件事，圣子还有没有其他行为让您觉得莫名其妙？"

"我不记得了。"

由香里老师摇了摇头。大畠检察官马上追问道。

"接下来是吃饭的时候。"

"……吃饭的时候，圣子非常不愿意坐在高木老师边上。"

"高木老师身边的座位是空着的吗？"

"空着的。"

"您在学校和教育委员会的调查中说过这件事吗？"

"……"

"说过吗？有没有印象？"

"我不记得了。"

"那我想问问您……"

大畠检察官接下来详细询问了市教育委员会做调查时的情形。

"学校和教育委员会是否在被调查人各自详细说明情况后，进行了进一步的询问调查？"

"他们问我的时候……"

由香里老师低下了头。

"我不知道。"

"我在问您记忆里是什么样的情形。"

大畠检察官左手举起资料。

"他们是不是只按照纸面上的内容,一条一条读出来,然后便结束了调查?"

"我觉得是这样的。"

"您觉得,他们认真调查了吗?"

"我不太确定。"

"您是不是也觉得,这样的调查有点敷衍。"

"……是,至少我曾经这么想过。"

被问及高木老师将圣子带到帘子后面的事时,由香里老师说她不记得这件事,这相当于高木老师的不在场证明,这一证言也开始松动。接着,大畠检察官又点明其助理教员岗位的脆弱性,进一步追问道:

"如果这种丑闻被曝光,您是否担心过,自己的工作也会保不住?"

"有过担忧……但我没有确认过是不是真的会这样。"

"所以说,您担忧过。"

由香里老师没说话,只是点了点头。

"出于这种担忧,在调查中您是不是隐瞒了您觉得有问题的事情?"

"不是的,我说的都是事实。"

法官出面了。

"检察官想问的是,您是不是有什么事没有说出口?"

"没有。"

"调查中,在您回答提问之后,负责调查的人有何回应?您还记得吗?您印象里,对方有没有向您再三确认、反复提问?或者您说了什么之后,负责调查的人有没有问您'真的有这种事吗''当时情况究竟怎样'等问题?对方是否有过上述问询方式?"

"有过。"

"他们是如何询问您的?"

由香里老师的身后就是高木老师和市教育委员会工作人员的目光。对于一个刚从大学毕业的教师而言,她承受的压力已是极限。

"问了很多,我不记得了。"

"这是很严重的事,您真的明白问题的实质吗?"

"明白。"

"学校老师是否对班上的学生做出了猥亵行为,问题就在这里。如果真的做了,那就是不得了的问题。"

"……我明白。"

她的声音小到几乎听不见。

"如果没有做,那么坐在您身后的高木老师就会因莫须有的罪名被捕入狱。无论做还是没做,都是大问题,对吧?您真的好好说明过情况吗？"

受害者圣子、被告人高木老师、学校、教育委员会、人权、名誉、权力，多方重压纷乱错杂。在法官与真相面前无处回避的由香里老师双腿开始发抖。

"……"

"您记得您做过说明吧？"

"我觉得是这样的。"

"对您来说，那也是记忆深刻的事吧。负责调查的人问您的下一个问题具体是什么？您如实回答了吗？"

"回答了。"

法官凝视着由香里老师的脸。

"您现在正在流泪，实话实说是很痛苦的一件事吗？"

"不，不是的。"

"那您为什么哭呢？"

"……"

"关于您在口供中说的……"

大畠检察官举起手中的资料，换了一个问题。

"您是助理教员，如果因您发生什么误会的话，不知什么时候就会被解雇。您是不是有过这种担心？"

"我当时心里确实有过不安。"

"这种不安的心情，让您在面对学校和教育委员会的调查时，没能说出您认为的被告人的不当言行。是不是有这层影响？"

"我没想过这方面。"

"那么本次证言呢?您自身的不安情绪,是否让您难以说出真相?"

"没有这种事。"

"去年,被告人的妻子给您寄过一个礼盒,里面装着果冻和明信片,对吧?"

"是的。"

"今年,被告人也给您的手机发过短信,对吗?"

"是的。"

"如果方便的话,可以透露一下是什么内容吗?"

"如果没记错的话,高木老师希望我帮他把留在教室里的私人书籍快递到他家,就是这样的短信。"

"除此之外呢?"

"还有什么……我想不起来了。"

"审判长!"

鲛岛律师要求重新提问。

"面对检察官的提问,您好像在隐瞒一些很重要的事情,还流下了泪水。所以我想问问,您是不是为了保住自己助理教员的工作,所以隐瞒了事实?您有这种想法吗?"

"就我而言,我完全没有想过这个事情会害我丢了工作。"

下一个站到证言台前的是男性助理教员。当听到大畠检察官问到"当时进行了怎样的调查"时,他也沉默了一瞬,最后只说"调查不是特别详尽"。至于高木老师是否露出过下体,他的回答是"在学校不可能"。他也坚决否认高木老师虐待学生一事,说高木老师从未在针对性辅导时与学生独处过。此外,他声称不允许男性教师进入帘子的规定是从第一学期开始的,这与其他助理教员的说法有出入,后者称该规定始于第二学期。尽管大畠检察官问及了这一矛盾,但他仍不改口。

我听圣子说过,在法庭上落泪的由香里老师曾经提醒高木老师注意言行。

庭审结束后,我曾偶遇过由香里老师。她向我坦白,其实早在赴任前,她就听说过高木老师的各种传闻。在回忆事件发生当天的情况时,她说自己没工夫顾及其他老师和学生在干什么,所以也不确定当时帘子是不是拉开的。

旁听者

搬家后,我们脱离了之前的人际关系。于我们而言,庭审时的旁听者成了新的心灵支柱。

芦田教授接受询问时,那些在走廊上与市教育委员会职员谈笑的女性,其实是因为关心圣子的案件而特地来旁听的。市内一些维护儿童权益、推进学校改革的团体也很支持我们,每次开庭时都会给我们寄信鼓劲儿。

12月29日,当年最后的庭审结束,该着手准备过新年了。我们家收到了一封传真。

冒昧发送传真，实在不好意思。昨天，我们成立了一个类似"支援会"的组织，大家认为需要一个组织来统一行动，比如收集并发布下一次开庭的信息，呼吁人们旁听，等等。我们也想与您商量，开展一些更具体的支援活动。望您能考虑一下，我们静待回音。

传真上的文字是手写的，字体圆润而温柔，末尾留下了天然食品商店的老板娘的联系方式。前几天，她邀请我和孩子爸爸到车站附近的会议室，向我们询问了事情的经过。

"我刚读完您的传真，真的太感谢了。"

"哪里的话，我还怕我们擅自提出这种想法，会让您感到困扰呢。"

电话那头的山城女士曾经组织过支援水俣病患者上诉的活动，她深知与行政系统打官司的残酷。在报纸上看到高木老师庭审的新闻后，对于受害少女和家属在诉讼前经历的辛劳和痛苦，她深有感触。她明白，被霸凌或体罚的受害者一旦起诉学校或教育委员会，当地难免会出现针对受害者和家属的诽谤中伤，使受害者孤立无援。所以她积极呼吁周围的人来法庭旁听，不让鼓起勇气起诉的少女和家属孤军奋战。

"如果您觉得不方便的话，请一定要告诉我，不要有顾虑。"

"我们非亲非故，您还能这样帮助我们……"

圣子和千春刚刚被迫转学。

"我也经历过很多,我知道当事人发声的难处。这起事件是社会的问题,而您和家人被推到了最前线。如果您不想我们这么做,一定不要有负担,可以直接告诉我。"

山城女士的声音很温柔,为我想要关上的心门带来了一束光。

"不,不,真的非常感谢。之后还要麻烦您了。"

过完年,我和孩子爸爸跟支援会的成员在市政府附近的餐厅见面了。

"受害者、支援会和律师都各有各的想法,有时候受害者的想法反而会被忽略。"

山城女士一边回顾过去支援诉讼的经验,一边说明支援会的原则。

"首先,我们不做受害者和家属不愿意的事。要说明一件事的益处和害处,在受害者和家属做出决定后再好好执行。"

支援会决定发行简报,传达诉讼信息等大家关注的问题,同时举办学习会,让更多的人意识到认知障碍儿童面临的歧视,呼吁大家一起为改善现状而做出努力。支援会还提到,简报的原稿必须先由受害者及家属过目,如有不妥的地方则必须删除。

"我们在工作日出庭都很不容易了,为什么还组织大家来旁听呢?"

"只要有旁听者或支援会在,就说明有很多人在关心这个案子,有很多双眼睛盯着,这能给法庭带来适度的紧张感。"

就这样,山城女士和她的伙伴一起,成立了"受害者及其家属支援会"。

支援会成立后的首次公开庭审,旁听席上聚集了超过四十位听众,这间比以往更大的法庭也快要坐满了。

庭审结束后,大家在法院附近开了茶话会。

我和孩子爸爸对大家道谢后,参加者做了自我介绍,讲了旁听庭审的感想。参加茶话会的人很多,除了我家孩子的朋友的家长,还有地方非营利组织的成员、现任或离任教师。其中还有朋友的朋友,他们自从得知我们向学校投诉无门,转而找教育委员会时,就主动提出可以帮忙。

"明明庭审时老师已经承认体罚学生了,为什么光凭这一点学校还不能处罚?市教委也每次都来旁听庭审了呀。"

"残疾的孩子控诉受害却没人相信,反而受到大家的责难,这是日本的大问题啊。"

其中,最令大家气愤的是对高木老师的询问环节。当鲛岛律师问"牵牛花班里有没有孩子曾在教室里露出性器官"时,高木老师回答"有一个",然后就说出了一个男孩的名字。

高木老师说:"上课听不懂的时候,甚至是一有空,他就会把性器官露出来。老师之间也提到过这件事。我发现这种情况时对他明确地说过,不要让别的同学看见,叫他快收起来。"

鲛岛律师:"有没有顽皮的孩子触碰过其他孩子的胸部?"

高木老师:"有,据我所知,圣子跟我说过有一个人。"

把自己的嫌疑强行转嫁到孩子头上,我当场气得浑身发抖。

"除了保护自己,他也不会别的了。"

"他根本没资格当老师,真让人难受。"

支援会的参加者们接连发表着看法。自从被推到陌生的法庭上后,我只能独自承受那些难以启齿的愤怒和悲伤。此刻,却有人和我感同身受,甚至比我感受得更加深切,这让我很是欣慰。

政治斗争

在支援会成员的建议下,我们开始了对政治家的游说。

广川议员曾自己收集信息,在市议会上向市教育委员会发问。我来到他的事务所,发现他桌上的资料已堆积成山,那都是他通过信息公开制度搜集而来的。

广川议员之前曾深入调查过教育系统中的不正当行为和腐败问题,还将调查成果整理成书。他积极参与对行政系统的监督,其政务活动经费中的相当一部分都用来复印调查资料了。

"我读到高木被捕的新闻后,马上就申请公开学校的那份报告书,还和教育长谈过话,但是对方坚称高木被撤下班主任职位与这件事完全无关。"

广川议员把资料交给我们:"作为当事人,您手上最好也掌握这些资料。"并告诉我们如何运用信息公开制度。

然而，想要推动其他县议员或市议员参与进来却不那么容易。

高木被捕后，那些曾表示愤慨和支持的议员和自治会会长都以担心媒体对受害孩子的影响为由，和我们保持距离。

市政府高层自身的丑闻也余波未尽。

"事情我都了解，但上面不让插手任何广川议员参与的事……"

承包市政业务的公司曾向市长亲属经营的公司输送资金，这件事逐渐浮出水面后，市议会中支持市长一派和反对市长一派的斗争越来越激烈。广川议员在百条委员会[1]中站在了质疑市长的最前线。

我们还请求与五位教育委员面谈，他们可以参与市教育系统的最终行政决策。这些委员中，有些曾是教育系统内部的教师，也有前电视台主持人等来自其他行业的人士，这一点多少给了我们希望，但他们也以"案件正在审理中"为由，不愿与我们过多接触。非教育系统出身的委员对于内部丑闻还是无能为力。

支援会的成员还与负责地区人权事务咨询的人权保护委员商谈过，但对方告知"已经在打官司了，我们无能为力"，拒绝了我们。

另一边，校方却向当地各方和家长大吐苦水，说他们对"无

---

1 日本地方议会基于规定地方事务调查权的《地方自治法》第100条而设立的特别委员会，具有调查、监督等职能。

中生有的指责"感到颇为为难。

真希望有人能听一听我们的声音——我和支援会的成员还拜访了社会福利团体。

电话预约时，对方的口吻听起来挺和善，但实际见面后，我们得到的仍是拒绝："我们征求会员意见后发现，并不是所有人都赞成支援你们的活动……"其实很少有团体与市政府完全无关，大家或多或少都领过补贴或承包过市政业务。

我们也找过支援残障儿童父母、为残障儿童提供诊疗咨询的社会福利法人，该组织有足够的能力向政府提出议案和诉求，但结果却和之前一样。我和支援会成员一起找到了理事长，告诉他圣子至今仍有自残行为，他回答的是：

"我们或许能为圣子的心理疗愈提供帮助，除此之外就不在我们的能力范围内了。"

孩子爸爸和山城女士前往该社会福利法人主办的演讲活动现场，希望他们能把支援会的简报和其他团体的传单放在一起，结果负责人看了简报之后却摆摆手：

"不行，这样我们很难办。简报没法放在这里，您请回吧。"

据说是简报里所写的，针对校方处理结果"绝对不可原谅"的表述让他们感到顾忌。最后，孩子爸爸他们只好在会场外向路人分发简报。

我们家本身也是一些残障人士团体的成员，但当我们找到相关负责人时，得到的答复却是"希望您也能理解一下我们的立场"。

"这种时候不能提供帮助,那这个团体还有什么意义呢?"

朋友帮我在团体大会上质疑道,可一旦施害者是行政部门,这些社会团体则力有未逮。

这些团体中,有一个人后来在博客中表达了悔意,赤裸裸地揭露了社会福利法人等团体散布各类虚假信息的行为:

> 他们不断向PTA组织和残障人士团体灌输"这是一场为了讹钱而引发的冤案",而我自己也参与了这种行径。

王牌

公开庭审进入全面对决阶段,每个月都至少会有一场庭审。第八次庭审时,为孩子们做笔录的检察官作为证人出庭。检察官作为证人接受其他检察官的询问,这场面实属少见。

"我向前辈请教过询问的经验,尽量使用简单易懂的语言,牢记要避免诱导式询问,以问答形式保留了所有笔录。"

参与调查的检察官解释,圣子等人的受害控诉并非诱导下的结果。

首先听说圣子受害的我,还有诊断圣子疑似患有性虐待创伤后应激障碍的芦田教授都已出庭做证。这次对检察官的询问,是检方为避免让圣子出庭做证而使出的最后一张牌。

即便如此,法官还是无法接受,他仍然在试探检方的意见,希望得到圣子本人的证言。

"即使高木老师不在,让圣子为受害情况做证也等于火上浇油,是很危险的。"

大畠检察官找芦田教授商量时,教授表示坚决反对。

"这很有可能让她患上精神疾病。"

芦田教授认为,圣子她们好不容易摆脱了噩梦般的记忆,正积极回归日常生活。在诊疗时,他也曾对孩子们表示"不用强迫自己在诊室里回想痛苦的经历""想说的时候再说出来就好",以此来让她们安心。

然而,大畠检察官已经让自己人出庭做证了,他一再恳请芦田教授:"再这样下去就是无罪释放了!"

圣子这张王牌是利也可能是弊。

"您能不能劝劝芦田教授呢?"

大畠检察官甚至来拜托我。我自己曾站到证言台前,深知在法庭上做证的困难。那种痛苦虽然可以承受,但我真的不希望孩子们……

"我觉得这很难,还是让芦田教授和坂井医生来决定吧。"

最后扭转这一窘境的,竟是孩子们。

芦田教授告诉孩子们,大畠检察官恳请他让她们出庭,否则案子可能会输,另一方面也解释说,在法庭上她们必须回忆痛苦的经历,所以不用勉强。

"我会努力的,我想把高木关到监狱里。"

圣子她们如此说道。芦田教授和治疗团队再三讨论，开始重新考虑。

"连做证的机会都不给，这可能算不上对孩子的保护……"

决策的过程十分艰难，但我们还是接受了大畠检察官的请求。不过，芦田教授基于诊疗情况，提出了四个条件：

一、询问需要在儿童觉得安心的场所进行；
二、父母和医生必须在场，人员尽量安排女性；
三、时间不超过儿童的承受范围；
四、提问工作需提前准备，避免让儿童感到不安。

尤其是第四点，芦田教授特别强调。

"这些孩子对男性有恐惧心理，难以信任他人。为了构建信赖关系，大畠检察官要同孩子们多次面谈，向孩子们说明当天的安排，做好演习。面谈要反复进行，直到我们评估双方之间已经形成最低限度的信任。"

最后，芦田教授还着重说明"如果没有满足这四个条件，信任无法达成，必须立刻中止询问"。

经大畠检察官和法院的协商后，法院同意以"移动法庭"的方式，让审判员和鲛岛律师到医院听取孩子的证言。通过法院协调，各方同意将对每个孩子的询问时间限定在二十分钟，最长不超过三十分钟。年底，大畠检察官正式向法院请求对圣子她们进行证人询问。

过完年，大畠检察官和圣子在医院的诊室里进行了三次面谈，之后的移动法庭就会安排在这间诊室。

"请您用简单易懂的语言，向孩子们解释证人询问时将有哪些人到场，会做什么事情，以及做这些事是为了什么。"

芦田教授对大畠检察官要求道。

第一次见面以自我介绍和杂谈为主，帮助双方建立初步联系。真正的演练始于第二次见面，时长大约一小时，大畠检察官向圣子说明了届时自己会问圣子的问题，以及鲛岛律师可能提出的问题，并确认了圣子的回答。我自己在做证前也做过类似的准备。这并不是针对儿童或残障人士的特别训练，而是一种通用练习，为的就是避免初次做证时因紧张造成的混乱。

距离事发已过了一年半多，圣子等人的受害记忆正在淡去。

"每天，每天，他都在对我做讨厌的事。太多了，实在太多了，我也记不清是什么时候了。"

大畠检察官点点头，慢慢说道：

"你只要说自己记得的事就好了。忘记的事就说'忘记了'，不知道的事就说'不知道'，实话实说就可以。"

看到好不容易才开朗起来的圣子她们，现在又要被质问痛苦的过去，我不禁心痛如割，但大畠检察官也在努力体谅孩子们的苦楚。当初十分担心的芦田教授在见到大畠检察官的表现后也感慨："这些孩子对陌生人抱有强烈的不安，但大畠检察官的话语让孩子们渐渐放下心来，缓解了她们的紧张。"

演练的间歇，坐在一旁的我也时不时鼓励圣子："大畠叔叔会把高木老师抓起来的,你可以对他放心,不要害怕。"

战场

圣子她们走进了"法庭",那里没有被告人,没有记者,也没有旁听者。

下午四点,平时的诊疗结束后,圣子来到医院的第一诊室,里面的桌子摆成了U字形,一男一女两位法官已经坐在里面等候了。

这一天,法官没有身穿象征威严的黑色法袍。为了不让孩子们感到害怕,证言台上还摆着医院准备的粉色和黄色的花束。

"圣子,请你坐到这里来。"

大畠检察官让圣子坐下,我和芦田教授也随之坐在她后面的椅子上。

"圣子小朋友,你现在几岁?"

大畠检察官微笑着开始提问。现在上的中学,事件发生的牵牛花班,7月7日受害当天的时间和地点……大畠检察官按照顺序,一一向圣子确认。

"做咖喱那天午休的时候。""帘子里面。"

圣子面朝大畠检察官,沉着地回答着。高木老师向她展示下体一事,圣子也顺着大畠检察官的提问做了说明。

"圣子小朋友,现在你面前坐着两位法官,你可以告诉他们,你想让高木老师怎么样吗?"

"可以。"

法官双手交叉放在桌子上,凝视着圣子。

"你想让高木老师怎么样?"

"我想让他坐牢。"

鲛岛律师露出了轻蔑的笑容。

这一段问答节奏稳定,不徐不疾,圣子的回答也条理分明。

圣子你太棒了!做得很好!——我想马上搂住她夸上一番,但紧接着就是辩方律师的询问环节。

鲛岛律师没有收起笑容,他盯着圣子的脸。

"今天你在大家面前说话了呢。来这里之前,你有没有和妈妈或其他人练习过?"

"练习过。"

"刚才向你提问的叔叔有没有跟你说过'我要问这个问题,你要这样回答'?"

"审判长!"

大畠检察官慌张地举手,法庭用语脱口而出。

"刚才属于诱导性发问。请询问'进行了什么练习',不要对孩子进行诱导。"

鲛岛律师按照大畠检察官的说法,继续询问圣子:

"你们进行了什么练习?"

"庭审。"

"像这样的庭审练习吗?和圣子小朋友的问答练习?"

圣子没有说话，只是点了点头。

"练习了几次？是在家里吗？"

"在家里也练过，练了很多次。"

鲛岛律师笑容满面地问圣子：

"那跟刚才问你问题的叔叔练习了几次呢？"

"几次？"

"大概几次？"

"大概？"

圣子不擅长回答抽象的问题，她用手指抵住脸颊，面露困惑。

"大概练习了几次呢？"

"……"

"不止一次，是好几次吗？"

"嗯。"

"你之前跟妈妈和芦田教授说过很多话吧。但是，你接下来说的话可以跟之前的不一样，不会有人因为你说了不一样的话就生气的。请说出真正的情况——你知道什么是谎言，什么是真相吗？"

"……"

鲛岛律师突然抛出这样一个问题。仿佛稳定的节拍器被放在了狼藉的桌面一般，圣子失去了平衡，陷入了沉默。鲛岛律师继续问：

"你不知道什么是谎言，什么是真相吗？"

"不知道。"

"接下来你要说的话,可以和之前说过的不同,你只要说自己记得的事情就可以了。"

"好的。"

我开始脸色发青。圣子向大畠检察官的回答不过是"练习的结果"——鲛岛律师想先发制人,给大家造成这种印象。这里不是寻找真相的地方,而是战场。鲛岛律师继续问道:

"班里有没有男孩子经常露出小弟弟?"

"没有。"

圣子干脆地否定了,但鲛岛律师说出了一个男生的名字。

"他是不是有时会露出小弟弟呢?"

"不是。"

"你没有看见他露出来过吗?"

"没有。"

在回答大畠检察官的问题时,圣子说过"最讨厌高木老师",而鲛岛律师也问了圣子对高木老师的感受。

"是不是也有过喜欢高木老师的时候?是不是也曾觉得高木老师挺不错的?"

"不是这样的。"

圣子的回答无懈可击,于是鲛岛律师换了一个话题。

"你和小爱聊过幽灵的事吧?好幽灵、坏幽灵之类的。"

"幽灵的事?"

"幽灵分好坏,有好的幽灵,也有坏的幽灵,类似这样的。"

"聊过。"

"小爱喜欢聊幽灵的故事吗?"

"特别不喜欢。"

"我问的是小爱哦。"

"小爱最讨厌幽灵。"

"她最讨厌幽灵吗?"

"对。"

"你们是不是经常聊幽灵?"

"我们聊过,但是她说不想总聊幽灵。"

"她有没有说自己真的看见过幽灵?"

"她说过自己看到过类似幽灵的东西。"

"是说真的看见了吗?"

"对,真的看见。"

"在哪里看见的?"

"她说,在体育馆、厕所都看见过。"

"圣子也能看见吗?"

"我看不见。"

"只有小爱能看见吗?"

"嗯。"

"她是认真地说自己能看见的吗?"

"是的,说能看见。"

"你相信吗?"

"其实大家都不信。"

"为什么？你也不信吗？"

"嗯。"

"为什么？"

"那种事是不可能的吧，反正我没见过。"

"你没看见过？"

"嗯。"

鲛岛律师似乎想借圣子之口，让大家觉得小爱平时就爱说些神神道道的事。这起事件中，孩子们对高木老师异口同声的指控为我们提供了强有力的证据，但若有一个孩子的说法遭到质疑，其他孩子的指控便有可能被一并驳倒。鲛岛律师就是瞄准了这一点。

鲛岛律师进攻不断，想让圣子承认做出猥亵行为的是其他孩子。

他频频发问："有没有被别的男孩子侵害过？"但圣子毫不动摇。

无尽的询问

"那接下来，我想问问你做咖喱那天发生的事。"

似乎已经超过了约定的二十分钟，鲛岛律师终于问到了7月7日那天的事。

法官隔三岔五地问圣子"没事吧"，圣子只是回答"没事"。

透过圣子的长发,我看见她的侧脸颊已经泛红。

怎么可能没事呢……

芦田教授也一脸严肃。终于到了最关键的部分,他望着圣子努力回答的模样,似乎在衡量该何时介入,叫停问询。

"你是什么时候告诉妈妈的?一回家就说了吗?还是吃晚饭的时候说的?到底是什么时候?"

"回家说的。"

"不是在吃晚饭的时候说的吗?"

"不是。"

"那天吃晚饭的时候没说过这件事吗?"

"没有。"

"你和景子一起回家的?"

"对。"

"那天你是在哪里和景子汇合的?"

"学校放学的时候。"

"你和她一起从学校回来的吗?那天你难道不是一个人回家的吗?"

鲛岛律师喋喋不休地向圣子抛去的问题中,很多信息与我自己受询那天阐述的事实有出入。大畠检察官坐不住了,他对鲛岛律师喊道:

"这是误导。刚才圣子已经说过,放学时她是和景子两个人一起回家的。"

"我只是确认一下。"

"刚才那应当算误导,'难道不是一个人回家的吗'这种话。"

鲛岛律师没有争辩,他又向圣子确认了一遍是不是独自回家的,然后突然转换了话题。

"圣子你钢琴弹得很好吧?"

"对。"

"风琴弹得也不错?"

"对。"

"在牵牛花班的时候,你弹过什么曲子?"

"曲子吗?《小步舞曲》。"

"你会弹《怦然心动的一年级学生》这种儿歌吗?"

"这个我不会。"

"《阿拉伯风格曲》能全弹下来吗?"

"嗯。"

这是换成鲛岛律师提问之后,圣子第一次流露柔和的神情。

"一天当中,你什么时候弹琴?"

"休息的时候。"

"午休吗?"

"对。"

"每天都弹?"

"嗯。"

"每天?"

"嗯。"

鲛岛律师满意地点点头,话题又回到 7 月 7 日那天。

"做咖喱的那天（7月7日）呢？你弹风琴了吗？"

"做咖喱那天没弹。"

"平时午休的时候，其他班的同学会不会来你们班？"

"会来。"

"来的人多吗？"

"嗯。"

"做咖喱那天午休的时候他们也来玩了吗？"

"那天没来。"

"只有那天没来？"

"嗯。"

"为什么？"

"其他班有功课什么的。"

"但那是午休吧，做咖喱的那天的午休哦。"

"做咖喱那天？"

鲛岛律师提问的速度越来越快，在他的攻势下，圣子的记忆逐渐混乱。

"做咖喱那天的午休，是不是和平时一样，大家都过来玩了呢？到底是怎样？"

"来玩了。"

"做咖喱那天你也稍微弹了一下风琴吧？还是没弹？你记得吗？"

"不记得了。"

"午休时有同学来玩，大概来了多少人呢？午休时老师们也在教室里吧?"

"嗯。"

"你刚才说过哪些老师在教室,对吧?你能再说一遍,有哪些老师在吗?"

"除了高木老师?"

"嗯,除了他之外,还有谁在。"

圣子说出了四位老师的名字。然而,刚才在回答大畠检察官的提问时,她只提到了两位助理教员和一位同学的名字,一共三个人,剩下的都不记得了。

"那些老师也在?"

"嗯。"

"做咖喱的那天在吗?"

"嗯,在的。"

"你记得这些?做咖喱那天午休发生的事,你现在记得清楚吗?如果有记不清的地方,直接说忘记就可以了。到底记得清吗?"

他一步步套出圣子的话,用柔和的言辞将她导向混乱。

"让我忘记?"困惑的圣子反问鲛岛律师。

"其实你是不是记不清了?"

"都忘记了。"

"真的吗?"

"嗯。"

这是一场记忆力测试,鲛岛律师没有让圣子还原被摸胸时的情景，而是在考察她能不能准确说出当时的情况。

"你记不记得，做咖喱那天教室里有没有放床？"

"不记得。"

"你不记得有没有床？"

"不记得。"

"那么做咖喱那天小爱在不在？"

"不在。"

"为什么小爱不在？"

"小爱没有来学校。"

"你记得她没来？"

"我记得做咖喱那天小爱没来学校。"

圣子被鲛岛律师打乱了节奏，但仍在拼命坚持。

问完7月7日的事后，鲛岛律师又刨根问底地询问了电棍的事、小刀割手的事，还有从楼梯上被推下的事。圣子用手捂着头，脸涨得通红，使劲解释着，遇到不明白的地方直言"不记得"。

"我和小爱在串珠的时候，高木老师靠近我们，由香里老师说'高木老师您靠太近了，请离女生远一点'，但高木老师说'由香里，你给我闭嘴'。"

圣子复述了老师间的对话。

鲛岛律师不依不饶，又问圣子是不是受了其他孩子的影响。

"在厕所小便的时候会被马桶冲走，这话是听谁说的？"

"高木老师。"

"不是小爱说的吗？你有没有听小爱说过，人会被马桶冲走？"

"听说过。"

"不是小爱转述高木老师的话，而是小爱自己有没有说过这样的话？"

"其实人根本不会被马桶冲走，但高木老师一直说'会被冲走'，小爱才跟我讲她'太害怕了，不敢自己上厕所'。"

再次轮到大畠检察官询问时，他整理了圣子的证言。那是圣子在鲛岛律师的步步逼问下说出的话。

"做咖喱那天，高木老师在帘子里捏了你的胸，对吗？"

"嗯。"

"那时，班里还有其他人在场吧？"

"嗯。"

"在场的人里，你记得有谁吗？"

圣子和原先一样，说出了两位助理教员和一位同学的名字。

"圣子记得的是这三个人，对吧？"

"对。"

"此外还有谁在，你不记得了，对吗？"

"不记得了。"

圣子已经疲惫不堪，终于轮到法官提问。

男法官问道：

"被小刀割手的时候，手痛不痛？"

"痛。"

"有多痛？"

"特别痛。"

"给我看看你的手。"

圣子向法官伸出右手掌。

"完全没有落疤呢。"

男法官的询问到此结束。

年轻的女法官也对细节做了一些补充提问。圣子终于从问询中脱身了。

"圣子小朋友，你很棒。"

在隔壁房间观察的坂井医生和医院的工作人员送给了圣子一束粉红色郁金香。

从屋里出来时，时钟的指针已经指向五点。下一个接受询问的是小爱，但我担心圣子的身体，简单跟小爱妈妈打了招呼后，便带圣子先离开了医院。

车站在马路对面。我牵着圣子汗津津的手，带她通过有六股车道的宽阔马路，迎面袭来一阵寒风。之前每次从医院回来，圣子都会期盼吃点冰激凌，或者到商场逛逛。

"今天你很了不起，我们去吃点甜点吧？"

我提议道，圣子却摇了摇头。她似乎已筋疲力尽，只想马上回家。

挤在电车上一路摇摇晃晃，我们赶回了家。一到家我就给圣子做了她最喜欢的咖喱乌冬面，但是她几乎没动筷，便早早回了卧室。

那天晚上开始，一度淡去的噩梦再度袭来，圣子又开始在夜里呻吟。她说自己梦见被高木老师追赶、抓住。从周五开始，她连着三个晚上都没怎么睡。到了周一，平时早上六点半就准时起床的她还双眼无神地蜷缩在被窝里。我只好帮她请了假。

圣子靠吃药控制下来的癫痫也在做证后开始频繁发作。老师说，白天圣子在学校里常常独自放空，和她说话也不见反应。每每回想起那些不好的经历，脑海中闪现过往的画面，她就会一个劲儿地挠头，痛苦满面。

小爱好像也开始出疹子，在夜里备受噩梦困扰。

我和小爱妈妈一致决定："可以的话，绝不让孩子再出庭了。"

一封信

这是一个暖冬，法院旁沿河的樱花开得比以往都早。

3月下旬，我们迎来了最后一次庭审。

正前方坐着执笔判决书的法官，控方和辩方各自进行最后一次陈述。检察官提出公诉意见，辩方进行最终的辩护陈词。检察官的公诉意见中包括请求法官定罪量刑的内容。

首先是公诉意见。基于圣子等人的证词，大畠检察官认为"受害情况在本质上具有一贯性"。

"考虑到受害者的认知能力,如果没有本人的切身体验,她们根本无法说出那些具体详细、切实可信的证词。受害者没有意图,也没有能力作伪证陷害被告人,这一点毋庸置疑。追究证词的细节,怀疑其真实性,会不当地忽视犯罪的恶劣性质。"

关于高木老师的翻供,检察官指出"如果没有实施犯罪,他无需特地陈述虚构的事实,在许多口供和自供状中坦白事件的详细经过",所以那些翻供"纯属狡辩"。

学校和市教育委员会也成为被批判的对象,检察官认为他们没有认真对待孩子的控诉,其调查"十分不充分"。

讲述案情时,大畠检察官传达出了圣子等人心中的不甘与痛苦:"这些孩子不得不将亲身经历的恐惧埋藏心底,生活在孤独与疏离之中。由于缺少足够的判断能力,她们遭到了反复的猥亵。在被虐待的过程中,她们不能完全理解自己心中的恐惧、不安和羞耻,甚至将一切错误归咎于自身,最终陷入精神的错乱。"

"被告人对她们做出的猥亵行为极尽凌辱,她们今后将再难摆脱这些记忆,长期生活在恐惧之中,战战兢兢地度过余生。这些受害儿童都没有足够的认知能力,她们甚至无法向最信任的父母或医生倾诉受害经过,只能在今后漫长的人生中痛苦地对抗创伤,独自寻找活下去的力量。被告人凌辱、玩弄受害儿童,将她们当作发泄性欲的道具,考虑到孩子们体会到的恐怖与不安,我请求对他处以最严厉的惩罚,这是对受害儿童唯一的宽慰。这一点必须实现,否则对受害者的真正保护就无从谈起。"

有期徒刑七年——这是强制猥亵罪名下，大畠检察官当时能向法官请求的最大量刑。

公诉意见之后，是鲛岛律师的最终辩护。

"目前没有一个证人能够证实7月7日午休时帘子是拉上的。"

"在帘子右侧洗东西的辅助教员不可能没有注意到帘子里的事情。"

根据这些助理教员的证词，鲛岛律师认为犯罪从客观条件来看难以实施，主张高木老师无罪。

鲛岛律师说："有认知障碍或发展障碍的孩子，喜欢和擅长的事物很少，所以常常会沉迷其中，甚至对其进行戏剧化的加工。他们想到自己喜欢的东西时会很开心，为了克服自己能力的界限或烦躁不安的情绪，他们会积极对事实进行润色。"他断章取义地借用了芦田教授的部分证词，但芦田教授的本意是"这不同于对受害事实的夸大，而是一种精神过程"。随后，他还利用了孩子们的问询结果。

"孩子在做证时说，她们在家与已经知晓证词内容的母亲进行过多次问答练习，而且还反复和检察官进行证人训练。证人训练本无可厚非，但我必须指出，对圣子这样有认知障碍的孩子反复进行问答练习，这种行为存在植入假想记忆的风险。母亲和检察官更注重让孩子复述证词内容，而非探求事实。"

而关于高木老师的自供状，鲛岛律师说："那不过是照葫芦画瓢，按受害申报和被捕的事实写成的。"

双方的主张完全对立，只等 4 月底宣判了。

我走进法院旁边的律师会馆，里面已经架着很多摄像机了。报社和电视台的记者们也将参加支援会举行的报告集会。

"我们要通过媒体让法官知道，有很多人正在关注这个案子。"

山城女士这样建议我。

她事先和记者们打好招呼，让他们在采访时照顾个人隐私，不要拍到受害者家属的脸。

"我们只能尽人事而听天命了。这种人竟然还能一直当老师，真是不可理喻。这就是教育委员会的真实面目？我越来越觉得这件事只是冰山一角。"

最先发言的是孩子爸爸，作为企业职工培训的讲师，他十分习惯在人前讲话。虽然摄像机避开了脸孔，但轮到我发言时，我还是感到无所适从，担心被熟人认出，不知望向何处。我不由自主地低下头，举止僵硬，但脱口而出的全是最诚恳的心情：

"今天检察官把我想说的都说了出来，这对我来说是一种救赎，希望法官能听进去……我心里很不安，但非常感谢有这么多人支持我们。"

在负责儿童人权问题的某个公益组织的介绍下，一位名叫川田的律师也加入了支援会，他在会上也十分感慨：

"我可以从检察官的发言中感受到作为一个人的愤怒和热忱，他的公诉意见说出了受害者的心情。公诉是检察官的本职工作，但像今天这样掷地有声的发言并不多见。"

大畠检察官自己也有一个年幼的孩子，他常把"当作是为自己的女儿而努力"挂在嘴边。上个月移动法庭的庭审结束后，他交给芦田教授一封信。

> 面对辩方律师严厉的交叉询问，圣子和小爱尽自己最大努力完成了做证。或许她们的发言中确实有莫名其妙、不合情理、违背事实的地方，对方也可能利用这些来否定她们证词的真实性。但是，出庭做证这件事本身就已意义重大。这些孩子同时患有认知困难和严重的创伤后应激障碍，看到她们拼命做证的样子，我们还能否定其证词的真实吗？正如您指出的那样，这种否定将是"成年人的耻辱"，是"法律从业者的耻辱"，是"人性的耻辱"。两个孩子的证言是否可信，只能交由法院判断。我认为这才是考验法院良知的地方。
>
> 我今后可能不会再见到这两个孩子了。所以，我想拜托芦田教授、坂井医生以及整个医疗团队，代我多多表扬这两个孩子。请帮我告诉她们，不要害怕痛苦的回忆，而是要斗争，只有这样才能战胜不安与恐惧。两个孩子在出庭前反复进行了证人训练，在庭审时拿出了让人惊叹的成果。我相信，克服了不安与恐惧，最终完成证人询问这件事带来的成就感，会成为她们在未来生活里与创伤后应激障碍斗争的动力。请您代替我，守望她们今后的努力，并

第三章 破裂　129

给予必要的帮助。拜托您了！

我明白，大畠检察官已经超越了他的检察官身份，他是作为一个人真诚地对待两个孩子的。

焦躁

声援我们的人越来越多，我却产生了某种危机感。

2月初的终审前，我来到市政府，领取我之前申请查看的资料。天蒙蒙亮时最是寒冷，通往市政府的桥面上，覆着一层黑亮的薄冰。

信息公开办公室在市政府办公楼边上的一栋建筑物里。支付了每张十日元的复印费后，我领到了关于此次事件的资料。一旁，市教育委员会的工作人员嘀咕道：

"如果审判结果是无罪，那这件事就相当于没发生过。"

回家后我和孩子爸爸商量。

"我们的举动可能会在法庭上被利用，宣判之前还是不要有其他动作了。"

终审的次日是星期五，我和孩子爸爸拿着申请创伤后应激障碍诊疗费补助的表格来到学校。当孩子在学校的管理下受伤或生病时，我们可以从日本体育振兴中心获得治疗费、慰问费等相关补助。在学校里，我们遇到了健太老师。

我一看到健太老师，就想到上次带圣子到教室指认案发现场时，他对圣子发言的否认，以及家长会上他对高木老师的支持。但那两件事发生的时候，孩子爸爸都不在场。他对健太老师还抱有同情，认为健太老师或许是出于职场的压力才帮高木老师辩护的。

"这次的事，老师您也很辛苦吧。"

"嗯。"

健太老师疑惑地向孩子爸爸点了点头。

"高木老师是个怎样的人？"

"这个嘛……总的来说，就是个好色大叔。"

"好色大叔？"

"嗯，而且不善于沟通。"

"这样啊……"

能说会道的孩子爸爸一时也不知道该回什么好。

回家后，孩子爸爸给学校打了电话。

"不管最后判决如何，对于公开庭审中高木老师已经承认的三种行为，我们希望校方能给予相应的处分。"

这三种行为分别是：对圣子施加暴力；以挠痒痒为借口触摸圣子的胸部；走出卫生间时以"调整裤子"为由向她露出性器官。很难相信"想挠痒痒""调整裤子"之类的辩解是真心话。为了避免整起事件最后化为子虚乌有，我们想让校方对高木老师在庭审时承认并记录在案的这三种行为做出处分。

"我明白了。现在校长不在,等他回来了我会转达的。等学校这边决定后,我们再给您回电话。"

正如角田副校长约定的那样,伊地知校长很快就打来了电话。

"我想向孩子们直接道歉,可以拜访一下您家吗?"

"谢谢您。那我和孩子们说一下,一会儿再跟您联系。"

孩子爸爸客套着挂了电话。然而,孩子们却一齐摇头。

"绝对不想见。我们才不要看到他那张脸呢。"

孩子们已经彻底失去了对学校和老师的信任。

"不好意思,孩子们不愿意,能不能请您写一封道歉信呢?"

伊地知校长在电话里答应了。第二周的星期一一早,孩子爸爸就去了学校。他从校长手中接过写给圣子和千春的道歉信,向校长道了声谢后便离开了学校。

我和孩子爸爸回到家后一读里面的内容,不禁面面相觑。

　　我让你们没法来上学真的很抱歉。长久以来让你们受委屈了,对不起。祝你们早日康乐。

用词随意,而且开头的主语"我"好像是后来加上的。更令我们介意的是,信上虽然写着校长的名字,印着校长的公章,却完全没有提到高木老师的问题,看不出是针对什么在道歉。

"校长写了道歉信,跟你们说对不起了呢……"

我给走进客厅的圣子和千春看了信，两人都愤愤地说"绝对不可原谅"，这正是我担心的。

第二天早上，我在客厅电视附近的地上捡到一张揉得皱巴巴的纸。打开一看，里面是千春给校长的回信，字里行间溢满怒意：

就写了这点内容？我们可是遭了不少罪啊！

这天下午，孩子爸爸又去了一趟学校。

"不管庭审结果如何，您能不能针对高木老师已经承认的事，还有我们小女儿对学校失去信任，不愿上学的事道歉呢？"

孩子爸爸已经准备好了文案。

"比如这样。"

他拿出记事本，低头请求校长。

"但是，这件事现在还在诉讼中啊。"

"我知道，但是圣子仍饱受噩梦困扰，千春也因为自己的目击证词被否定而不愿意上学。我们打算长期安顿下来才在这附近买了房子，如今却不得不搬走。您想想，请您想一想，我们到底经历了什么。校长，拜托您了。"

"……"

"您的道歉信或许能让孩子们心里好过一点，拜托了。"

一段沉重的沉默之后，坐在一旁的角田副校长开口了。

"校长，孩子爸爸都说到这份上了……"

伊地知校长叹了口气,从沙发上起身,回到办公桌,拿出一张白纸。

我对庭审中被告人高木承认的以下事件深表歉意。

一、被告人高木对圣子施加暴力;

二、被告人高木触摸圣子的胸部;

三、被告人高木向圣子露出性器官;

四、事情发生后,我们的处理方式让千春失去了对学校和老师的信任,不再愿意上学。

由于没能防止以上事件的发生,我发自内心地对圣子、千春和她们的家人道歉。

放下笔,伊地知校长拿起一枚细细长长的印章,说:

"用我个人名义的印章可以吗?"

"校长您是真心的吧?不是在为应付眼前而撒谎吧?"

"嗯。"

"那就请您按公章。"

"好吧……"

校长换了一枚四四方方的印章,按了下去。

"谢谢您。如果校方今后能诚心诚意处理问题,我们就不会把这封盖着公章的道歉信公布出来。"

孩子爸爸所说的"诚心诚意处理"包括三个要求:关爱和照顾孩子;判决后召开说明会并让我们出席;完善预防机制。孩子爸爸在提完这三个要求后,就离开了学校。

道歉信是私底下交给我们的,所以学校对外仍不打算承认圣子受到的侵害。我们向学校提交了日本体育振兴中心的补助申请,却总被告知信息填写得不够完整,无法通过申请。重写数次后,我们渐渐感到"不管有罪无罪,我们可能都没有申请资格"。

在广川议员的斡旋下,我们要求直接跟市教育委员会申请,这时却接到了角田副校长的电话。

"我们想跟您说一件重要的事,能不能麻烦您来一趟学校?"

那是一个星期三,距离宣判还有十五天。

角田副校长把孩子爸爸带到校长室,室内只有他们二人。角田副校长开口道:

"接下来我说的话,能不能请您不要外传?"

"到底是怎么回事?"

"之前给您造成了很多麻烦,体育振兴中心的补助,就让我们来支付吧。"

"我们?您说的'我们'到底是谁?"

"校长和我。"

角田副校长拿出一张纸,上面写着计算公式和结果——总金额三十万日元。

"副校长,您把我们当傻子吗?"

"什么?"

角田副校长没想到孩子爸爸会这样问,不觉提高了声调。

"您以为我们是为了钱才斗争到现在的吗?"

"……"

"我们不要这种不明不白的钱。请您好好写一份事故报告,然后把我们的申请材料交到体育振兴中心!"

即使如此,学校也没有将我们的申请资料提交给体育振兴中心,就这样过了"事故发生后两年内"的申请期限。

判决

"今天就是去收拾高木的日子呢。"

送圣子出家门时,她天真地说。

"是啊,妈妈出发了。"

这是两个长假之间的一个工作日。早上的电车里,可以看到家长和背着旅行包的孩子。车窗外是一片海滩,亮闪闪地反射着阳光,有人正趁着退潮在赶海。

我来到法院,发现支援会的成员已经早早在那里排队领取旁听证。来旁听的人一次比一次多,庭审后来改在法院最大的法庭进行。开庭前三十分钟开始抽选旁听者,三十三个席位得到了七十个人的申请。

上午十点,法官们准时入庭。庭审期间还有两位法官加入,一位较为年长,一位较为年轻,男女法官共三人组成合议庭。

电视台的拍摄团队先拍摄了法官入座后的静止影像，静默持续了约一分钟。拍摄结束后，高木老师被两名刑务官带入法庭。

之前坐在正中的年长审判长换成了别人，据说这是因为工作调动。

"现在宣判……"

我等着审判长的下一句话，不禁屏住呼吸。

"被告人无罪。"

禁止私语的法庭上，众人的惊讶声此起彼伏。一些记者冲出法庭，将消息带出去。

"少女的陈述前后一致、细致具体，受害申报较为详细真实，且有证据支撑，不存在母亲诱导的痕迹，有一定可信度。"

审判长先如此说道，接着一项项列举了圣子等人证言的问题。

"其他教员和学生在场的情况下，猥亵行为十分容易暴露，因此不可否认，在该场合下实施猥亵有些不合情理。""被害人在学校指认犯罪现场时，除帘子外，还提到风琴后等地点，指认不够明确。""除摸胸一事之外，被害人的陈述均较为散乱，其中包含不合逻辑的内容。陈述中，关于受害日期和地点等内容，还存在很多问题。"

审判长的话冷冰冰的。

审判长甚至还指出圣子她们的受害证言"不可否认存在受相关人员影响而被动记忆的可能性"，看来是完全采用了辩方律师"练习的结果"那套说辞。

法院让圣子她们出庭做证的意义是什么呢？难道只是为了支持无罪的判决吗？

判决书的朗读仍在继续，下面是曾直接听取圣子证言的法官的结论。

"距离事发已过去相当一段时间，限于孩子们的认知能力等条件，今后很难再得出有意义的说明。"

这句残忍的表述仿佛封死了我们诉诸司法的途径。

对于高木老师的自供，审判长是这么判断的："缺乏恰当的证据，不可直接采信。"

"本案各项公诉内容都不具备充足的证据，结论上难以证明犯罪事实，根据《刑事诉讼法》第336条，宣判被告人无罪。"

长达一个多小时的判决书朗读结束后，法官就退庭了。

高木老师也被解除了拘留。

"没想到竟然是无罪释放啊……"

鱼贯走出法庭的记者和教育委员会工作人员议论纷纷。

法庭里一下变得空空荡荡。

坐在旁边的孩子爸爸无力从旁听席上起身。他和支援会的其他男士都在流泪。我和上午请假来旁听的大女儿百合子先站了起来，我说不出话来，百合子也沉默地迈着步子。

"上学路上小心点啊。"

我用尽最后一点力气，跟去上学的百合子道别。

在法院附近的律师会馆，我们召开了发布会。主持人由山城女士担任，赶来旁听的芦田教授和支援会的川田律师也坐在一旁。

"首先,我想对一直以来支持我们的各位医生、律师,还有支援会的成员、媒体工作者表示感谢。我妻子因一时的打击不便讲话,由我代为发言。"

孩子爸爸低着头,眼睛红肿。

"我对判决的感受,用一句话讲,就是法官做的功课还不够,对残障人士的理解还不充分。比起被告人,这更让我感到恼火。判决能够左右一个人的人生,是非常重要的事情。我真的很愤怒。这边是残障人士,是弱者啊!我们和普通孩子不一样!我们有恐慌,有很多病症。法官不明白这一点,就断言我们的证言不可信。我很难过,很愤怒。"

我木然地望向前方,却可以感受到孩子爸爸握着话筒的手在颤动。

"我以为,法官最后会对高木说:'无罪不等于无辜,只是说法理上无法证明而已。你并不是清白的,回去好好反省吧。'然而,他什么都没有说。简直难以置信。宣判就是如此冷漠的吗?日本就是这样的国家吗?我非常想让大家知道的是……"

他一度哽咽到发不出声。

"受到教师猥亵侵害的受害者有很多。面对学校,很多人都选择忍气吞声,绝大多数人都只能沉默下去。大家得知道,公之于众的只是冰山一角。而今天的判决践踏了这些发声的孩子的勇气。我想对法官说:'判决不公,您还是回去多做些功课吧!'我们还没有决定要不要上诉,这由检方来判断。如果要

第三章 破裂　139

上高等法院，我希望法官先好好预习一下关于残障人士的知识。我希望本案会成为判例，为审理猥亵残障人士等诸多类似案件树立典范。我想说的就这么多了。谢谢大家。"

芦田教授抱着双臂，闭上眼睛，开始回顾我们走来的路。

"最后，他们说必须孩子出庭做证时，我出于治疗方面的顾虑拒绝过，但是那样就会让一切都被埋葬在黑暗中。于是，在与孩子建立了信任的基础上，我坦率地告诉了孩子们当前面临的问题。孩子们告诉我'不希望更多孩子体会到和自己一样的痛苦，愿意把关于老师的事说出来'。她们承受着巨大的内心恐惧，拼尽全力才站出来做证……"

"关键在于从人的情感出发，我们能感受到什么。"川田律师说道，"对检方而言，能否找到不容置疑的证据，是从逻辑上判断有罪或无罪的关键。但能否超越这一界限，最后还得靠法官对人性的洞察。之后应该会上诉高等法院吧，我认为到时候判决很可能会出现反转。"

记者开始提问后，孩子爸爸想起圣子的样子，顿时陷入消沉。

"开庭前的这几天我都睡不着。一边以为应该会判有罪吧，一边又觉得无罪也有可能，乱七八糟想了很多。出门前，受到侵害的二女儿说：'今天大家就要收拾高木老师了。'我鼓起劲儿告诉她：'对，今天就教训他。'但最后的判决却是无罪。我该怎么告诉孩子呢？这才是最让我苦恼的。"

发布会现场，第一次庭审的次日就来到我们家门口的牛岛记者也在。今天的判决过于出乎他的意料，离开发布会时，他甚至把东西落在了会场。宣判前采访时，牛岛记者还猜测道："检方请求有期徒刑七年，应该会判个三四年吧。"

"这个判决绝对不公正。别灰心，我们还要努力。"

发布会结束后，山城女士拍着我的肩膀说。

在支援会成员的带领下，我们去了县知事、市长、县教育长和市教育长的办公室，向其秘书提交了请愿书。支援会事先已经准备了有罪和无罪两个版本的请愿书。然而，败诉就是败诉，无罪就是无罪，我根本提不起精神，连话也说不出口。

"我们继续关注法院的判决。"

无论到哪个办公室，工作人员说的都是这句话。

和县教育委员会面谈时，一个工作人员曾小声说："我也觉得他做了。"但旁边另一位工作人员马上纠正："刚才的是个人意见。"

没能找到犯罪证据的地方检察厅也马上表达了对判决的抗议。

这也是为了避免"无罪即侵害未发生"的观点不胫而走。检方在宣判后不到一小时内就发表声明，表示要考虑上诉。傍晚举行的检方发布会上，平时不动声色的检察厅领导在向记者解释判决的不当时，恳切地对记者说"这种判决是对残障人士的歧视"。

圣子和千春跟她们的好朋友一起，待在先前住过的公寓的会客厅里，那里距离小学很近。这是一位朋友安排的，以防我

第三章　破裂　141

们不在的时候，蜂拥而至的媒体会吓坏孩子，这位朋友还给孩子们准备了晚饭。

看着圣子在房间里天真地玩耍，我紧绷的神经终于到达极限，眼泪夺眶而出。

我们回到自家后，两只苦等已久的吉娃娃冲到我脚边。

走进客厅，孩子爸爸说出了审判的结果。

"他们说高木老师什么都没干。"

圣子沉默不语。千春对法官燃起怒火："他不主持正义吗？"就连在我们面前不曾落泪的百合子，到学校后也当着老师的面哭号道，"官司输了"。

"接下来是场持久战。"

大家都明白，孩子爸爸说的是什么意思。

第四章　抵触

敌营

宣判那天夜里,山城女士给支援会的所有人发了信息。

> 对支援会而言,无论判决结果是有罪还是无罪,大家的行动目的和立场都不会变:一是支持受害者及其家人;二是探求事件本质,采取行动,让学校和社会更加重视孩子的人权。今天的判决再次说明,我们的社会无法认真倾听孩子的声音,更不会真诚倾听认知障碍儿童的控诉。如果说,这次事件的本质在于结构性的歧视,那么此次判决便是这一点的明确体现。我们支援会绝对不服此次判决,这是不公的判决!无论审判的结果如何,孩子们正为此而痛苦,这就是沉重的事实。教育行政机构负有重大责任。

经受残酷的庭审时,山城女士这样坚强的后盾让我感到宽慰,但我们还是不敢出门,整个黄金周假期都几乎窝在家里。

会不会有人觉得我们是"魔鬼家长",是"大骗子"呢?老师又会怎么说呢?

假期结束后,我开车送长女百合子去车站,然后又回到家,在玄关与圣子和千春道别。为了掩饰自己的不安,我用力地跟她们挥手,却总有一种把她们送入敌营的感觉。回到客厅后,我趴在桌子上,把脸深深埋进胳膊里。

市里也摆出了一副"无罪"的气势。

我们原本与市教育委员会约好,在宣判后谈谈体育振兴中心的补助申请逾期一事,但那边的领导却以"接下来要开会"为由,不肯与我们见面。

在市议会上,市教委也越来越强势。

"校方甚至没有咨询过孩子的主治医生。就算当时还在诉讼中,他们怎么能对孩子正在经受的痛苦视而不见呢?甚至有孩子不得不转学,这就相当于把孩子赶到外地去一样。我真的希望我们市能够拥有不输其他地区的优秀教育体系,保护好我们的孩子。"

面对广川议员的质疑,教育长揪着"赶"这个字眼,开始反击。

"您说这话可真让我意外。在我看来,校园内从心理咨询师到班主任、年级主任,都在和家长一起关照孩子,并提供必要的咨询等帮助。我觉得每所学校都很努力。至于什么是必要的,这就得由校长来判断了。"

三天后的议会上,支持市长的高山议员提到高木老师被捕后不久,小爱接受电视台采访一事。

"一般而言，我们很难想象让孩子出镜说自己的受害经历。"

支援会给高山议员写了抗议书，但是他并没有道歉或改正自己的发言。

6月的某个星期天，支援会在自治会馆召开茶话会，大约有二十人参加。

开场时，孩子爸爸对大家说："这次事件只是冰山一角，还有很多控诉无门，只能独自承受的家庭。希望通过我们的努力，这样的状况能得到一点改善。"

已经搬到隔壁县的小爱妈妈也参加了茶话会。

"我们转校后，无论是当地的教育委员会还是学校，在听说了我们的情况后，都马上为孩子提供了关照。转校后的第二天，新学校的校长、副校长、班主任和保健室的老师一起到大学附属医院，听取主治医生的建议。他们表示会全力支持我们，让我们放心上学，我当时真的很感激。"

这和我们市真是天差地别。

存证信函

已是事后第三个夏天了。

"可不可以让我们再参观一下校园？"

我向学校提出申请，却被告知"需要检察厅的许可"。伊地知校长也不肯和我们见面。"无罪"这两个字，让我们一家不再被当成是受害者。

"先从本人和校方原本打算承认的部分入手如何?"

为打破僵局,广川议员提议道。我们准备公开伊地知校长在宣判前写下的道歉信。孩子爸爸曾与他约定不会将其公之于众,但那是在"诚心诚意处理"的前提下,如今这种前提早已不复存在。9月的市议会上,广川议员在一般提问环节举出了这个问题。

"在法庭上,该教师已经坦白了摸女生胸等事,您却说'没必要调查''还在诉讼中不予评价',可学校校长已经在道歉信里承认了。"

广川议员神情严肃地朗读了道歉信,向教育长步步紧逼:"对此您有什么看法呢?"

"我没有听说这种事,没什么看法。这封道歉信是什么时候、在哪里写成的,我一点都不知道。所以,这里我不便发表意见。"

广川议员还想继续提问,议长却宣布时间已到。"议事进行!"一位属于市长派的男议员喊道。所谓"议事进行",是在推动议事的过程中,对议长提问或陈述想法的发言。

"针对刚才广川议员的一般提问,我想再说几句。关于刚才读的那封道歉信,我们毫不知情。这到底是对公文的提问?还是广川议员自导自演的提问?如果不说清楚这一点,那么市议会上一般提问环节的讨论界限就很模糊了。请议长妥善考虑这一点。"

"我也没看过这封信,现在无法回答。请允许我详细调查后再作答吧。"

"既然议长都说没看过信,不知道是不是属于公文,那只好先调查一下了。"议会上有人起哄说,议长只能附和道:"必须好好调查一下了,后面会调查的。"

"由议长来判断就可以了。"

会场内呼声此起彼伏,一片哗然中,广川议员对方才的议员提出抗议,大声说出了自己的意见:

"请您收回'自导自演'这句话。我刚才读的那封信,实物就在我家,随时可以给您看。那上面还印着公章,是校长的公章。另外,教育长应该看过孩子们的控诉文,这根本不是我在自导自演。"

"请您不要激动。不可以干扰别人提出的议事进行,请您收回刚才的话。就这样吧。"

议长停止了这场讨论。

旁听席上的我心如死灰。眼前的议会会场上,有近五十位市议员和领导。但他们一个劲儿地攻击广川议员举出道歉信的方式,没有人关心问题的根源所在,没有人质疑校方的做法。

三天后,一度没了音信的伊地知校长突然给孩子爸爸写了一封存证信函。

我单纯地相信了您所谓"拯救孩子"的话术,没有意识到这些内容是诉讼中正在争论的问题,并且轻信了您做出的保密承诺，写下了这封本不该写的道歉信。现在我很后悔，并且深深反省。我强烈抗议您的毁约，并且通过存证信函，要求您收回并销毁我写的信。

这封抗议信还给市议会带去了影响。

继上次会议之后，这回轮到高山议员提问。他先是读了一篇名为《家长的无理要求》的新闻，然后说："我们市里是不是也有这种情况？如果有的话，请教育委员会详细解答。"

"其实，学校里确实有这种情况，一些强势的家长提出无理的要求，迫使校长做出违心之举。"

教育长拿出准备好的稿子，毕恭毕敬地读了起来。

"道歉信是家长到校长办公室，给校长看了草稿后，要求校长按草稿写成的。在草稿中，该起事件被当作事实处理。校长跟家长说案件仍在诉讼中，无法承认事情属实，家长说此事绝不外传，写信权当是对孩子的帮助，且可以立保密字据。家长还要求校长签下姓名和日期，盖上公章。校长多次拒绝后，最终相信了家长的话，认为这样可以帮到孩子，不得已写了道歉信。以上就是校长告诉我的经过。校长表示，他听闻道歉信被公开后，对家长的毁约感到十分愤怒。也是因为有和家长的这一约定，校长才没有告知教育委员会。我认为这正属于您刚才所说的家长的无理要求。"

"议事进行！"广川议员喊道，"教育长，您应该听过双方的意见再发言。校方的解释可能如您刚才所说，但校长写道歉信是有原因的。是校长先说想到家里向孩子道歉的。请您不要在议会上说些违背事实的话。"

"此处不适用议事进行,请发言人继续。"议长对广川议员予以驳回,让高山议员继续提问。

"诸位刚才听到的,就是家长对校方施加的不正当影响,是无理的要求。这篇报道也指出,有九成校长不知该如何应对此类情况,需要在体制上导入第三方力量,来改善这一问题。在这种无理要求不断增多的背景下,官司可能会越来越多,学校或许也需要配备专门的律师。"

接着,高山议员暗示了相关制裁手段,他提到了防止在市政项目竞标等情况中进行不当操作的规定。

"这是7月颁布的新规,为的就是防止来自外部的不正当要求。新规规定可以公布提出无理要求一方的姓名,并对其提起诉讼。当局是否有贯彻这项新规的态度?希望市长回答。"

"如果有这样的事情发生,我们当然要严肃、坚决地处理。"

市长的回应好像给伊地知校长打了一剂强心针,他马上就寄来了第二封存证信函:

> 当初诉讼的形势或许对你们有利,也可能你们对学校别有意图,总之现在我再次要求你们退还书信(包括复印件)并道歉。

监督简报

那是文化日[1]的早上,空气里飘着菊花的清香。我的手机上收到了一条朋友的短信。

"我家信箱里收到了传单,写得实在太过分了!"

我赶紧看了看自己家的信箱,里面除了新闻早报,还有一张写有"市议会监督简报"的传单。

> 广川议员和家长合谋,威胁校长写下道歉信。相关案件目前正由高等法院审理,如果被告人被判定无罪,那么根据《刑法》第172条有关虚假诉讼罪的规定,提交受害申报者将被判刑。广川议员等人出于对判刑的恐惧,肯定会不顾一切地让被告人背上罪名。

这实在与事实相去甚远。

这样的传单被投递到了市里各处居民楼的信箱,牵牛花班的家长们接二连三地打来电话。

"这写得也太过分了,我按传单上的联系方式打电话抗议了,你也打一个试试吧。"

与匿名信不同,传单上写着男性制作者的姓名、地址和电话。

---

[1] 日本节日,时间为每年11月3日。

把百合子送去补习班后，我带上录音机来到离家很远的公共电话亭。该怎么开口呢……我拿着传单，不知怎么办才好。

我想抗议传单上对圣子的污蔑，但那样的话，电话可能会被第一时间挂断。我克制住了自己的感情，打算探一探对方为何制作这样的传单。

"您好，我看了今天早上的监督简报。"

"嗯，您有什么事吗？"

对方听起来是一位中老年男性。

"这是真的吗？那可不得了啊。"

"哈哈，是真的。"

男人笑了出来，并没有藏着掖着。

"您去旁听庭审了吗？"

"没有啊。"

"那您写得可真详细啊。您看了记录吗？"

"对啊。"

"在哪儿看的呢？"

"这我可不能透露。"

男人不经意间说了一句："反正是收钱办事。"

"真厉害啊，谁给的钱呢？"

"这不能说。"

看来，有人给写传单的人提供了庭审记录和资金。

"欢迎您随时来电。"

男人听起来心情不错，挂了电话。

"如果审判结果是无罪,那这件事就相当于没发生过。"
我想起了一审判决前,市教委工作人员说的话。

10月下旬,庭审地点变成了高等法院,上诉开始审理。距离一审的无罪判决已过去半年。

孩子爸爸在支援会的简报上发表了文章,努力向大家传递积极的态度。

令人震惊的无罪判决已过去五个半月,我们逐渐了解到认知障碍患者在日本的艰难处境。随着了解的深入,我愈加佩服警察和检察官们的努力,感谢他们帮我们走到诉讼这一步。检察官在判决前跟我说:"如果判决无罪,那肯定是日本的司法制度本身存在问题。"事实正如他所言。

孩子爸爸在一审判决后,看了以水户事件为题材的电视剧《圣者的行进》。其中有一幕,被告的辩护律师为了干扰在法庭上陈述受害事实的残障人士,故意摔落了一个玻璃杯。

圣子在移动法庭做证时,孩子爸爸并不在场,可电视剧里的这个瞬间,却让他仿佛看到了面对鲛岛律师的质疑时,圣子脸上浮现的困惑神情。

我读过因性侵害而留下心理阴影的作者写的书,还在网上查过不少资料,一心想要弄清身为家长的应对方法。

通过支援会的成员介绍,我参加了"全国防止校园性骚扰联合会"主办的关于校园性侵害的集会,向大家讲述了圣子的遭遇。在那里,专攻弱势群体人权问题的野中律师同我搭话,她是一位头发花白、蔼然可亲的女士。

"真是不像话,我们组织一个律师团吧!"

不久后,野中律师召集了多位熟悉儿童和残障者人权问题的律师,组成了律师团。这些律师自愿作为刑事诉讼的被害人代理,旁听了高等法院的上诉审理。

我还遇见了阿部律师,之前向她咨询过民事诉讼后,我们一度断了音讯。

"啊,上次真是……"

"请别放心上,我知道您很不容易,我们一起为圣子继续努力吧。"

阿部律师将认知障碍人士的证言特点整理成意见书,交给了负责上诉的高等检察厅的检察官,还为支援会的简报撰写了旁听记录。

> 刑事诉讼中的被害方代理人是一项多么磨人的职责啊。每次走出法庭,我都像消化不良一样难受,想着"要是检察官能多问一下这方面的问题就好了"。但是反过来看,这只是受害者所在处境的缩影而已。

阿部律师回顾了两年前见到圣子时的情景,那时圣子正在律师事务所里绞尽脑汁地回忆痛苦的经历。阿部律师说:"只要直接听过本人的控诉，就知道那肯定不是谎言或虚构。但是这两位受害者还是小学生，而且身患障碍，在交叉询问时被人打乱思绪，陈述中存在矛盾或前后不一致的地方在所难免。被告人一方最大程度地利用了残障儿童的弱点，这就是一审判决的问题所在。"

想要推翻一审判决并不容易，我们不能轻易断言上诉的结果。如果上诉后能判有罪那是最好的，如果仍判无罪，那我们准备马上提起民事诉讼。通过刑事诉讼，只能判定高木老师的行为是否构成犯罪，民事诉讼则可以围绕残障孩子的教育方式，教育委员会在高木老师成为牵牛花班班主任一事上的责任，事发后学校和教委的不作为等问题进行全方位的控诉。

在日本全国，教师猥亵儿童的事件并不在少数，我们要引起社会层面对这一问题的关注，通过完善法律制度找到根本的解决方法。为此，我们也要在民事诉讼方面斗争到底。希望大家能在上诉后，继续在民事诉讼中给予热忱的支持。

决心

律师团的成员中，很多人都认为"即使刑事诉讼无法胜诉，也可以继续民事诉讼"，我们也开始以此为努力方向。这是为了证明圣子的控诉是真实的,并为其他无法通过刑事诉讼解决问题的受害者提供另一条救赎之路。但是,人们对民事诉讼中损害赔偿的理解各不相同。

那是圣诞节前发生的事。我们全家正在车站附近的超市采购节日要用的东西,孩子爸爸突然被人叫住了。

"我想跟您说点事儿……"

说话的是一位男人,千春不肯去学校的时候,他考虑到我们的困难,曾主动来家里教千春数学。孩子爸爸把采购的任务交给我们,然后跟着他一起去了咖啡店。

"实在不好意思,但是我孩子也在上学,我们不想同学校和教育委员会过于对立。如果您这边决定进行民事诉讼的话,我们也只能帮到这里了。"

他从事件发生起就一直站在我们这边,帮我们在 PTA 大会上发言,还协助制作了给学校的意见书。正因为他之前热心的支援,这一刻才给了我们极大的打击。

原来,这就是与市政府和市教育委员会的斗争啊……

但同时,我也感受到律师团想要帮助圣子的热情。我明白,拒绝忍气吞声也是在拯救其他孩子和残障人士,是在消除潜在的侵害。而且万一上诉结果仍是无罪,那民事诉讼可能就是帮助圣子的唯一方法了……

即便如此,我并没能给律师团一个干脆的答复。

"如果真的有信心打赢倒是没问题,但我还是得考虑孩子的情绪,请再容我想一想吧。"

孩子爸爸尤其慎重，他觉得："前面努力了那么多，结果还是无罪，不想再经历一遍那种孤立无援的感觉了。"我们夫妻一致决定，最后还是尊重孩子的意见。

餐桌上摆着圣诞蛋糕，我和孩子爸爸把百合子和千春叫过来。

"上诉不知道会判有罪还是无罪，之后还有民事诉讼这个选择，我们正在犹豫，你们俩怎么看呢？"

"无论结果怎样都不能放弃。"

"我不想一直被人叫作骗子。"

"圣子没有撒谎，这一点我们最清楚不过了，加油吧。"

为了维护圣子的尊严，我们全家坚定了意志。

二审以经一审核实的证据为基础不断推进。

检方承认了一审立证过程中的失误。

"在询问小爱受害日期的时候，她只说'觉得是 5 月中旬开始的''4 月都挺开心的'，但搜查员为了确定具体日期，给小爱看了不准确的课程表，导致小爱的记忆出现混乱，最后将初次受害日期定为 4 月 18 日。不得不说，在确定日期的方法上我们存在失误。"

此外在一审中，高木老师提供了明确的 4 月 18 日不在场证明，判决中指出这"动摇了陈述的可信性"。高等检察厅的检察官认为"即使是普通成年人也很难确定受害日期，在搜查阶段以错误方法确定了日期，导致小爱陈述的真实性遭到全盘否定，这使推论完全不能成立"。

芦田教授反对一审判决的意见书也被当作证据采纳。

芦田教授写道："所谓的'练习'，是出于治疗方面的考虑。为了让两位儿童能够出庭做证，这是必不可少的，而且这也是医院的请求。"他强调练习是必要且适当的，"判决书以曲解的方式使用了'练习'一词"。此外，他还就判决书中"距离事件发生已经过相当长的时间，无法鉴定明显的外伤，以作为证据"一句进行了反驳。

"往性器官插入手指或振动器具后，如果不在七十二小时内进行检查，一般是无法经医学鉴定判明的。超过一百二十小时后，更是很难发现痕迹……在三十六名遭受性虐待而怀孕的十至二十岁女性中，只有两名受害者的身上找到了性交留下的躯体痕迹。"

芦田教授举出了很多研究案例，并指出："无法鉴定性器官损伤，并不代表没有被性侵，这是医学常识。一审判决无视了诊疗性虐待伤害时的基本医学条件。"

高等法院开庭时，我又一次站到了证言台前，不过这次孩子们不用再接受询问，证据调查阶段就结束了。

春晓

高等法院的宣判日，我和孩子爸爸坐在了旁听席的最后一排。经历过地方法院的宣判，我们早就做足了心理建设，不再抱有太高期待，可即使如此，等待宣判仍让我惴惴不安。

上午十点，三位法官入席，摄像机拍摄完静默的开场后，身着笔挺西装的高木老师坐到了被告席上。二百九十三天前被宣告无罪之后，他就回归了普通生活，刚才还和我们乘同一部电梯来到法庭。

"接下来宣判……"

我闭上眼睛。

"……驳回上诉。"

一度屏息的法庭内，有人长吁了口气。法官陈述了无罪的理由。

宣判持续了一个多小时，结果还是维持了一审"无法证明时间和地点"的意见。不过，关于孩子们受到的侵害，法官的措辞却有了变化。

> 具有一定的可信度，至少关于受到猥亵侵害的陈述不容置疑。

比一审判决中"有一定可信度"的表述更确凿了一些。

针对高木老师在搜查阶段提交的自供状，高等法院也提出了质疑。法官说："被告人选定律师后，在与律师多次面谈后写下了自供。此后仍与律师保持会面，且没有推翻自供。在审判员对被告人进行询问，以判断是否批准拘留时，被告人也没有推翻自供。"对当时高木老师声称"担心若不承认,就没人会调查自己说的话,心灰意冷之下,只想快点结束",法官指出:"被告人身为学校教师,考虑其身份和地位,在面对猥亵学生这一恶劣至极的嫌疑时,其仍故意伪造自供的动机让人难以理解。"

"被告人声称曾将女学生作为性幻想对象,并承认曾因触碰高年级女学生的身体而被同事提醒。而且,执法人员在被告人的家中搜查出大量光盘,其内容多为对女童的性行为图片,以及中学生装扮的少女的性行为影像,因此怀疑被告人有对孩童做出性行为的倾向。另外,被告人曾在上一所任教学校与同事和家长发生过冲突,之后才被调任到事发学校。"

高等法院认定了高木老师有恋童倾向,并提到了在上一所学校发生的冲突。而对于高木老师的同事做出的证言,法官指出"面对检察官的交叉询问,证人表现出激烈的情绪和排斥,有包庇被告人的嫌疑"。

即便如此,"无罪"这一结论仍没有变。

为什么是无罪呢……我真想问一问审判长。

该怎么和孩子们解释呢。如果比起受到侵害的事实,"时间和地点"更重要的话,那无论受到多少次侵害,结果都会是"无罪"吗?

诉诸学校无门,诉诸教委无门,走到诉讼这一步还是死路。我们该如何保护孩子呢?

坐在一旁的孩子爸爸也说:"感觉法官在给无罪判决找借口。"

在前往法院的记者俱乐部的途中,我们来到律师团所在的房间里,一边对照判决书,一边商量发布会上说什么。

"民事诉讼,有戏。"

"这判决简直就是在叫我们走民事诉讼啊。"

这样的结果对我来说难以接受,但是这些专业律师却若有所悟。

发布会现场,我在稍高的发布席上落座,采访高等法院庭审的老练记者们一股脑儿地涌了上来,我们在地方法院时熟悉的记者几乎都被挤到了后面。

"对于父母来说这实在是难以接受的判决。坐在中间的就是受害儿童的父母。"

在山城女士的主持下,孩子爸爸首先谈了他对判决的感受。他一边克制着自己的情绪,一边反复说着"不出所料"。

"照这样下去,无论对认知障碍人士做出什么行为都会被判无罪。这相当于,1 000块拼图中,即使已经拼上999块,只要还没找到最后一块,就是无罪。为了让社会对认知障碍人士多一点尊重,我要尽自己的最大努力,哪怕这努力是多么微不足道。这次上诉让我感受到,我们肩负着这种责任。"

一审判决时因震惊而一度说不出话的我接着他的话说道:

"这次的判决和一审一模一样,实在是令人遗憾。判决完全没有考虑到认知障碍人士的特点。关于猥亵侵害一事,判决中承认了一定的可信度,却因无法确认日期而再次宣判无罪。平时受到侵害的孩子,不可能明确说出受害的日期,她们受到侵害的地点也不止一处。判决中完全没有考虑这些方面,实在令我心痛。我衷心希望此类审判可以有所改善。"

此刻,为推翻一审判决特地制作了意见书的芦田教授也因愤怒而全身颤抖地脱口道:"我没脸面对孩子。"

芦田教授说:"欧美的医学教科书上都写道,有恋童倾向的人会专挑托儿所、幼儿园等儿童聚集的地方,扮作老师混入其中,但日本还没意识到这种风险,这是我们工作的不足。日本本就被视为儿童色情的乐园,如果继续放任残障孩子受到侵害,那将是日本更大的耻辱。对于今天的判决,我感到十分愤怒。"

坂井医生补充道:

"我再补充一点。孩子已经失去了在校园里信任他人的能力。为了让她们恢复对他人的信任,我们需要想办法找到高木老师有罪的确凿证据。"

一位记者举起手来。

"您准备怎么跟女儿说呢?您的心情肯定很复杂,不知能不能就这个问题发表一些看法?"

"孩子们毕竟也经历一审了,最小的妹妹曾经因为姐姐的事而不愿上学,现在她也克服了心理障碍,重新回到校园。昨天晚上,我们一家聚在一起谈了谈……"

孩子爸爸低下头,强忍着泪水,说不出话来。他将手放在我的膝盖上,使劲思考措辞。

"昨天,我们家里一致认为,无论结果如何,我们都要向前看……"

"我和孩子爸爸一样,在思考怎么跟孩子说才好。在家里,关于事件、关于诉讼,我们谈了很多遍。最小的孩子现在才上小学,她也在坚强地和我们一起努力。我们已经和她们说过,虽然最后很有可能会判无罪,但一家人互相扶持、继续前行这一点是不变的,我们要一起努力走下去。"

持续了四十分钟左右的发布会结束了,我们来到法院旁的律师会馆。明明是2月,气温却接近20℃,我感受到一股春天的暖意。进入会议室,掌声扑面而来——虽然距离宣判已经过去一个多小时,但仍有三十多名支援会成员留在这里。

"虽然结果仍是无罪判决,但法院承认受害儿童的证言'比较具体,有临场感和可信度',这是同一审最大的转变。由于未能确认日期和地点而无法断罪,但判决书上的内容十分有利于民事诉讼,进展并不小。"

律师团解释了判决书的内容,他们决定转向民事诉讼。之前,支援会成员们交替使用法庭的旁听证,每十五分钟换一批人,轮流见证了宣判的过程,他们也说:"判决内容听起来就是有罪,根本不像无罪。"

虽然审判长曾再三说明"受到猥亵侵害的供述不容置疑",但最后还是宣判无罪,理由是"在搜查和庭审过程中,问题的关键在于被告是否在供述提及的日期和地点进行了犯罪,二审的辩论也围绕这一点展开。考虑到本案性质重大,不便对供述以外或抽象的日期和地点进行认定"。这一点招来不少质疑,有人向律师团提出了自己的想法。

"起诉书将受害日期定在了7月7日，打官司的时候能不能把日期放宽一点呢？"

"嗯，可以设定一个时间范围，比如说'5日至20日之间'。一开始可以这么做，但上诉时就无法更改了。"

确定

根据学校课堂上所教的，日本的审判制度是"三审制"。不服地方法院的判决可以上诉高等法院，如果还不服，可以上诉至最高法院。然而，在实际运用中有一条规则，即"限于事实的纠纷到高等法院为止"。能够告上最高法院的案子非常少，要想让最高法院受理，就必须举出"违反宪法""与最高法院过往判决不符"等理由。说到底，作为受害者家属的我们没有判断的权利。

"很遗憾，这次决定不再上诉了。"

高等检察厅的检察官打电话告知我们。高木老师已确定"无罪"了。

市议会上，广川议员基于高等法院的判决发问道。

"高法的判决中三次出现了'恋童倾向'这个词，而没有说高木老师是完全清白的。如果高木老师本人提出想要回归校园，重新任教，市里会同意吗？"

教育长的答辩还是三句不离"无罪"。

"关于这次事件,虽然报上来很多材料,但我认为其中的事实都无法确认。至于恋童倾向一事,考虑到当事人的名誉和隐私,在这里我就不方便答辩了。重新任教是当事人提出的请求,至于市里是否会允许这个问题,我觉得这需要由县里来决定。"

仿佛是呼应议会上的内容,我家的信箱里又出现了"市议会监督简报"。

传单开头就在吹捧市里的成绩:"各类地区排名中,我市排名均光荣上升"。接下来就是大篇幅的《刑事被告教师确认无罪》。

密密麻麻的报道中,一些细节之处看起来仍像是根据相关人员提供的审判记录写成的,最后还断言:"这次的事件明显是冤罪。"

家长一心想让该教师成为犯人,这种强烈的憎恶令人震惊。被告说,孩子父亲曾对他恐吓道:"我知道你都干了些什么事,我要把你杀了",他曾背负遭到谋杀的风险。广川议员和这些家长的偏激态度,还有想要毁掉该教师的执念,实在叫人不寒而栗。

虚假诉讼让该教师和家属背负了污名。想要毁掉该教师的那些人,依据《刑法》第172条,应判处虚假诉讼罪。把人叫作"猥亵教师""暴力教师"的广川议员等,因反复侵害人权,应判处损害名誉罪。如果该教师决定诉讼,这些人一定会受到惩罚。这位教师如今身心俱疲,想必对诉讼也有所顾忌，但为了自己和家人的名誉，在此我要强烈建议他，该行动时就行动！

这是一种宣传，意在向人们传播"无罪＝虚假诉讼"的印象。传单制作者宣称该传单印了三万两千张。据支援会成员调查，该传单被散布在全市各地。

我给山城女士打电话商量，随后支援会的成员一起来到车站附近的会议室。

"这传单写得也太过分了吧！"

"简直就是落井下石！他们为什么要做这种抹黑受害者的事？不能再让他们嚣张了！"

支援会的成员们愤然高呼。

我们向发行监督简报的男人寄去抗议文和要求出席公开讨论会的书信，同时还附上了题为《打破沉默……各位市民，请听听我们的声音！》的反驳传单。

> 至今为止，该监督简报多次误解真相，歪曲事实，抹黑受害者，我们感到愤怒却仍保持沉默。因为这些内容写得实在拙劣。然而，这次的监督简报不仅完全没有顾及受害儿童的感受，还极尽侮辱与伤害。我们备感愤慨与惊愕，不知为何要将受害者抹黑到这种程度。单方面歪曲事实，诽谤中伤仍受创伤后应激障碍折磨的受害儿童和家属，这是我们决不允许的。我们已无法保持沉默。我们对该监督

简报表示抗议,并呼吁其制作者出席公开讨论会。各位市民,请听一听受害者家属的声音,并了解事情的真相!

除了山城女士的呼吁,传单上还刊有我们一家写的短文。

> 由于一些误解,我们受到了很多诽谤和中伤。在此,我们希望更多人能了解事件的真相,并理解问题的本质。为了保护家人,我们不能公开姓名,如果您想了解更多真相,可以通过支援会联系到我们。如果有人愿意听我们说,无论是哪里我们都会欣然奔赴。我们追求的,是行政部门和教育委员会能以实际行动杜绝此类事件再次发生。为此我们愿意竭尽全力。

虚假的传言四起,我不由得担心起孩子未来可能经受的目光和骚扰。尽管不知道大家对传单的感想,我们还是怀着忐忑的心,和支援会成员一起发出了一万份传单。

我们收到的都是同情与鼓励。

"受害的孩子该有多么委屈啊,真让人心痛。正因经历过痛苦,她们才更应该获得幸福。请告诉受害者家属,我支持他们。"

传单上的联系方式是山城女士经营的天然食品商店的电话,而鼓励我们的来电实在太多了,她甚至无暇顾及店里的工作。

"要不要告发行简报的人诽谤?"

有人提议道。检察厅也十分关心监督简报造成的二次伤害,但是在和广川议员商量后,我们决定不报案。广川议员的态度很谨慎:"再来个官司可是会很累的。"我也怕给人留下爱打官司的印象,所以对这个提议同样不是很上心。另一边,我和支援会的成员一起,参加了市里每周一次的法律咨询活动。

"传单上没有写明姓名,所以很难构成诽谤罪。"

我早就想到市里负责法律咨询的律师会这么说,但我希望通过参加咨询,能向市政府高层表示我们对这个问题的关心。

发完反驳传单后,我们开始筹办公开讨论会,事情的动静越闹越大。第二个月起,大家的信箱里就不再出现监督简报了。

我想到之前在电话那头,简报的制作者曾扬扬得意地说"反正是收钱办事",估计现在金主也罢手了吧。

但是,流言蜚语一旦散布出去,想要扑灭可不容易。后来,孩子爸爸受某个团体邀请,在集会上解释了事情的经过。一位女士听完之后说:

"监督简报和支援会的传单我都看了,当时不知道该信哪个才好,今天听了您的话,我终于明白到底是怎么回事了。"

浪潮

我们在野中律师的事务所商量了民事诉讼的事情。野中是一位经验非常丰富的律师。

律师团一共由七位律师组成,野中律师担任团长。这些律师一直以来都十分关注儿童和残障人士的人权问题,其中还有人参与过水户事件的诉讼过程。在那起案件中,也有残障人士遭受了性虐待,警察和检察官都放弃了立案,但律师们却成功找到证据,帮助受害者打赢了民事诉讼,取得了里程碑式的胜利。年轻的律师们分工准备好诉状后,大家开始在野中律师的事务所反复讨论。

在讨论起诉的社会意义时,律师团注意到两组数字:据欧美统计,认知障碍人士和普通人遭遇强奸的概率相差十倍;据本县调查,聋哑人学校性骚扰的发生率为10%,约为普通高中的两倍。

为保护并救助易遭受侵害的认知障碍人士,国际社会加强了合作。1971年联合国大会宣布了《智力落后者权利宣言》,保障认知障碍者不受虐待的权利。1993年,联合国大会基于宣言内容,通过了《残疾人机会均等标准规则》。律师团将这一浪潮定义为"国际社会的共识",为了推动此次诉讼,他们还在起诉书里写入了三个注意事项:

一、必须认识到,认知障碍人士比普通人更容易成为性犯罪的受害者;二、在认定事实时,必须充分考虑原告因认知障碍而导致的生理特征和沟通特征;三、必须充分认识到,认知障碍会加剧受害者精神上的创伤后应激障碍,延长治疗过程,加大治疗难度。

这些都是对刑事诉讼的反省。起诉书中指出:"刑事司法对认知障碍人士的不理解、不照顾,导致受害者的控诉被全盘否定,进一步加深了受害者所受到的伤害。民事诉讼的审理需正确理解认知障碍人士的特征,照顾他们的感受,在此基础上探明真相,还原告应有的人权。我们热切地希望,法院作为保障人权的最后一道防线,能真正解决这个案件。"

此次民事诉讼中问责行政部门的部分,律师团参考了企业性骚扰诉讼的判决,巩固了理论依据。

> 雇佣者需明确性骚扰的相关规定,确保全体职工知晓,并制定防范性骚扰的制度,在发生性骚扰事件时迅速应对,根据实际情况做出具体处理。

参照判决书中的这段结论,起诉书中提出:"针对成年女性性骚扰问题,从防范到咨询,乃至事后应对,都有一套相应的对策。考虑到更加弱势且不善表达的儿童,我们更应该制定一套完整的制度,来确保其免遭猥亵侵害。"

其实,针对教职人员与学生之间发生的性骚扰事件,县里也有相关的指南。

> 理解受害学生的处境,正确掌握事实,与学生确认事情经过后正确记录在案(若当事人为学龄前儿童或小学生,了解事情经过时需考虑让家长陪同)。
>
> 应优先考虑救助学生,关注其心理健康,必要时应与有关专门机构通力合作。

长期关注学生，防止事件对学生的成长造成严重影响。

对照指南，校方和市教育委员会的应对确实存在问题。市教委对教职人员的询问流于形式，从未向圣子的主治医师确认情况。得知圣子患有创伤后应激障碍后，他们也没有对圣子的心理健康做出特别照顾。

起诉书还严厉指出了高木老师未受处分一事。

对施害者的正当处分，不仅可以有效防止事件再发，也有助于受害者走出阴影。受到性虐待的儿童大多负有强烈的罪恶感和无力感，通过这种可见的方式来告诉他们错误并不在其自身，而在于施害者，可以帮他们摆脱这种罪恶感和无力感，进而重新认同自我，恢复心理健康。这在心理学等诸多学科中也是一项广泛共识。但市教育委员会始终应付了事，仅仅撤掉了被告的班主任职务，将他安排到校外工作，这并不能真正起到防范作用，更无益于受害者的恢复。这种做法加深了受害者的无奈和不安，因此必须指出，市教育委员会的行为严重违反了其应尽的义务。

日记

律师团不仅详细分析了刑事诉讼的记录，还积极发掘新的材料。

"请问,有没有外公外婆写的日记或其他记录呢?"

一天,律师问我案发后那个暑假,圣子在外婆家期间两位老人有没有写下什么记录。我母亲的确习惯用日记本写一些日常琐事和俳句,但应该不会详细记录圣子当时的情况。

"我问一下我妈,不过我觉得可能没有……"

那天刚好是圣子的生日,回家时,我母亲正好打电话来祝圣子生日快乐。在圣子和她外婆通完话后,我便接过电话听筒。

"妈,律师问我那个暑假您有没有在笔记或日记里提到圣子。"

"我写过呀。"

"什么?您写了?您能把关于圣子的部分发给我吗?"

很快,我母亲就把关于圣子的记录逐条整理,用传真发了过来。律师们看过这些记录后问,能不能看一下原本的日记。于是当天晚上我又打电话给母亲说了这件事。

"为什么又要看日记啊?"

我母亲对于把日记给别人看这件事有些犹豫。

"但是律师说,不是当时的日记就没有意义。"

"这样啊,那好吧。"

"拜托了,圣子的案子需要这些材料。叫我爸去便利店打印一下吧。"

四天后,母亲寄来了日记的复印件。

按时间顺序读过后我才惊讶地发现,日记里记录了圣子几

第四章 抵触

乎所有的控诉，而且很多事情我母亲知道得比我还早。

为什么圣子只跟她的外婆说了呢？为什么圣子不和我说……我对自己产生了怀疑，不禁冒出冷汗。

我给母亲去了电话。

"这些都是那个暑假记下的吗？"

"对啊。"

"为什么那时候您不告诉我呢？"

我脱口而出的话里不自觉地掺了点责备的语气。

"我还以为你都知道了呢。而且你那时候也很忙吧？哪有时间好好聊。"

日记成了新的证据，里面的内容让律师团大为震惊。刑事诉讼中，我们在医院里用摄像机拍下了圣子的证言作为证据。然而，这些日记距案发时间更近，也更有说服力。我们马上让母亲寄来了日记原件，提交到法院作为证据。

每次和律师团开完会，他们都会给我布置一份作业，让我把过去的情况正确地还原出来。每次回到家，我都要和记事本、刑事诉讼记录等资料奋战到深夜。山城女士和支援会的成员一直陪伴着我，确保律师团的想法能和我们一家的想法保持一致。

接下来的事发生在我们讨论向高木老师和市政府要求多少赔偿金的时候。

"受到了这么严重的侵害，我觉得可以要个五千万日元吧？不，直接要求一亿日元吧！"

野中律师如此提议道。

民事诉讼如果不定下具体的赔偿金额就无法立案。我们之前只是向体育振兴中心申请过补助,希望至少能补上医药费,但从未考虑过其他金钱问题。自始至终,我们想拼命证明的,只是圣子没有说谎而已。

犹豫再三,最后还是支援会的人帮我下定了决心。

"考虑到孩子和您一家受到的伤害,请求赔偿一亿日元并不过分。更重要的是,这可以将您一家想要证明圣子没有说谎的意志以明确的形式表达出来。"

这番话完全说出了我们的心中所想,我们决定采取野中律师的提案。

原告是圣子、我和孩子爸爸三人,被告是高木老师、市政府和县政府三方。

因为工作原因无法参与起诉事务的孩子爸爸,在深夜的客厅里写下寄语。

> 这次我们决定提起民事诉讼。我们经历了漫长而艰辛的路程才走到今天,有时也想逃离这一切。刑事诉讼后,我们不知想过多少次,如果就这么放弃了该有多轻松啊。我们如此软弱,却得到了众多人士的支持和关心,对此我表示衷心感谢。真的谢谢大家。
>
> 尽管冒着各种风险,我们仍选择提起民事诉讼。我们觉得,经历了这一切后,我们有责任防止今后再有其他孩

子遭遇和我家女儿一样的痛苦，我们有责任推动改善认知障碍人士的境遇。请各位今后也能继续支持我们。

翠雨

街道两旁的大树长出了新叶，温润的雨水滴滴答答地落在嫩绿的叶子上，像是要洗去过去的记忆。

记者们在法院门前架起一排摄像机，等待提交完诉讼材料的我们。为避免被拍到，走在最前面的我用伞遮住目光，律师团跟在我身后。

来到发布会现场，我身边坐着五位律师和心理咨询师坂井医生。发布会按照山城女士和记者俱乐部事先商量好的流程进行。

首先是朗读孩子爸爸事先准备好的稿子，里面写有我们的一些感想。

"接下来请孩子母亲再说两句。"山城女士主持道。我平复好心情，将手从桌面挪到膝盖上，挺直了脊背，正襟危坐。

"今天我们决心提起诉讼，是为了守护孩子的人权，今后她的人权必须得到保护，这是我们为人父母的义务。而且，法庭上仍不乏对认知障碍人士的偏见，我们希望借此次诉讼，可以改善认知障碍人士以及其他弱势群体的人权状况。刑事诉讼的一审、二审均以无罪告终，这种结果实属遗憾。我们的孩子一直在反复地控诉自己受到的伤害。只是因为受害时间和地点不明确，就导致了无罪的判决。在告诉孩子们审判结果的时候，我真的十分心痛。我不得不跟她们说，虽然受害的可能性已被承认，但你们提出的时间和地点比较模糊，所以宣判无罪。个中苦楚，我自有体会。身为母亲却没能保护好自己的孩子，没有什么比这更让我痛苦。为了帮孩子走出阴影，我们能做的事之一就是提起诉讼。其他任何能帮到孩子的事，我们也都会努力去做，希望各位能给予支持。"

律师团团长野中律师指出了这次起诉的四个意义和目标。

第一，确立一套司法程序，为认知障碍人士提供特殊的关怀；第二，严厉惩治施害者，以帮助患上创伤后应激障碍的孩子走出心理阴影；第三，问责教育行政系统。

"尽管为认知障碍儿童设立了专门的班级，事发后却逃避自身责任，在对受害情况的调查中敷衍了事。我们有必要建立防止此类事件再次发生的体制。"

野中律师捋了一把头发，继续慷慨激昂地说道。

"第四点就是，很多认知障碍人士、女性、儿童在受到侵害后都不得不忍气吞声，让案件不了了之。一个很悲惨的现实是，我们能看见的只是冰山一角。为了避免他们再次受到伤害，我们想要通过这起诉讼，确立弱势群体的人权。"

随后，律师团中最年轻的木村律师介绍了诉状的具体内容，解释了民事诉讼与刑事诉讼的区别。

"刑事诉讼中，问题聚焦于孩子控诉的7月7日被摸胸一事的真实性,而民事诉讼可以将孩子说的所有受害经历作为控诉内容,这二者的区别很大。除了摸胸,孩子还说过很多受害内容。但是因为有认知障碍,她们常常说不清具体的时间和地点,这次的关键就在于如何让民事法庭的法官理解这一点。"

一位记者提起高木老师的现况,他现在正在研修,准备重回教师岗位。

"这太遗憾了。刑事诉讼中我们没能扳倒他,但他的那些行为实属恶劣。我们要让他为此负责,并且尽全力阻止他回到校园。"

发布会结束后,许多记者又动身赶往市教育委员会,去采访另一边的意见。

"我们还没见到诉状,无法评论。"

"今天原告开发布会了,接下来要打民事官司,关于这点您怎么看?"

"打官司?这我无法评论,我没什么要说的。"

回答还是一如既往地敷衍。不过,刑事诉讼宣判无罪后又提起民事诉讼,其间的过程虽然十分曲折,媒体还是积极地报道了这场事关儿童和认知障碍人士的诉讼,这一点让我有了底气。早间新闻节目也意外地邀请我去演播室,但是我担心自己在直播时的表现,便以电话访谈的形式参与了录制。

在我们提起诉讼后召开的第一次市议会上,市长继续摆出漠视的姿态。

"刑事诉讼最后判定无法确认事实。"

他丝毫不避讳与高木老师的关系。

"我听说这个老师的家属发愁没有认识的律师可以负责辩护,就给他们介绍了一个。"

也就是说,市长在诉讼中间接帮助了高木老师。

原来真是这样……

市长有一位专门的代理人,帮他处理坊间传得沸沸扬扬的政治资金问题。该代理人和为高木老师辩护的鲛岛律师来自同一个事务所。

"市政府与高木老师的辩护律师有什么关联吗?"

刑事诉讼一审宣判前,我们与教育长约谈时,在场的广川议员曾这样询问过。

"我们怎么可能给他介绍呢!"

在场的市教委官员怒斥道,而教育长的回答却轻声细语:"我觉得没有什么关联。"

免罪金牌

圣子控诉后的第四个七夕节,第一次法庭辩论在地方法院举行。临时法庭里十分闷热。

刑事诉讼时,我们这些受害者家属是坐在栅栏外的。此刻,我们也作为当事人入庭。从旁听席望过来,我们和律师团坐在左边,右边坐着高木老师,以及替高木、市政府、县政府三方辩护的律师团。

高木老师不再担任班主任后，在市教育委员会处理过一阵子文书工作，那时孩子爸爸曾去找过他。为了不引起旁人注意，孩子爸爸挥手将他招呼过来，压低声音对他怒斥道：

"我女儿全部告诉我了，你还配做一个人吗！"

高木老师低下头，没有说话。

"你怎么不反驳呢？换作是我，如果没干这种事，为了自己的名誉，我拼了命也要解释清楚。"

孩子爸爸回忆说，高木老师当时还是低头不语，板着面孔，翻起眼珠看向他。三年之后，坐在法庭上的高木老师有了学校、教育委员会和市长作为后盾，还倚仗法院的"无罪"判决这一免罪金牌，他更是直勾勾地盯着我们，肆无忌惮。

确认过已提交的文件后，我开始了自己的陈述。

"当圣子第一次说被摸胸后，我们一家的生活就乱套了。无论做什么、看什么，心里都惴惴不安，每天都很痛苦。"

我先讲述了我们是如何费尽心血，让身患障碍的圣子顺利升入五年级，帮助她为上学做好身心准备的。随后说明了事件的原委：我们一家人思前想后，最后相信了官方所谓"模范班"的说辞，在市教委的劝说下将六年级的圣子转到新学校，却让她在那里不幸遭遇侵犯，受到了巨大的伤害。

"我做梦都不曾想到，孩子会受到如此严重的虐待，我居然还坚持让她上学。她在拼命和内心的恐惧斗争，我却没能保护她——一想到这，我就无地自容，后悔万分，心如刀绞。

"第二学期被告人被罢免班主任一职,到校外参加研修后,孩子才渐渐开口说出更多的受害事实。她说的每一件事,都不可能是一个有认知障碍且对性一无所知的孩子能凭空想象出来的,那些细节的悲惨,是我们做家长的想都不敢想的。随着时间的流逝,孩子慢慢说出了更加严重的受害情节,但我知道,她们肯定至今也无法理解,为什么自己会受到这种对待,而且一定还有其他尚未吐露的受害事实。"

睡眠障碍、心悸、冒汗、手脚发麻,还有挥之不去的不安……随着圣子透露的事越来越多,我的身体也每况愈下,最后不得不去看精神科医生。我一边回顾自己的生活,一边解释我们的诉求和目的。

"出事后,我先是要求学校查明事情发生的原因,做好相应的预防措施,并对受害孩子进行心理疏导,我的要求就这么简单。然而,学校和教育委员会却总以'教师本人没有承认''没有目击者'等理由单方面推卸责任,从未进行深入调查,并试图掩盖此事。圣子本人自不必说,校方的反应给目击了事件经过的妹妹也造成了巨大伤害。后来,其他孩子也开始控诉受到的侵害,但校方全然没有做出改变。等到刑事诉讼开始,校方更是以'仍在诉讼中'为由,拒绝与我们对话。尤其是校长,在我们起诉后便禁止我进入学校,并拒绝一切会面与交谈。市教委则对我说'无罪就等于无辜',至今仍不肯对事件进行像样的调查。市长和教委以无罪判决作为盾牌,对孩子和家长的控诉不加理睬,丝毫不当回事。不仅如此,他们反复以虚伪的姿态应付正在受苦的孩子,这无异于往伤口上撒盐。对此,我感到强烈的愤怒与失望。如果有哪怕一位老师,能够在孩子控诉受害的时候予以更加真诚的对待,试着去理解孩子,事情也不至于发展到这个地步,我和孩子们受到的心灵创伤也不至于如此之深。"

然后,我向坐在正前方的法官控诉:"这次刑事诉讼中最令我难过的一点就是……

"孩子们被逼得要出庭直接做证。出于恐惧和羞耻,很多事情她们对父母都难以启齿,却要经受初次见面的男人的刨根问底,一些回答还会被对方的辩护人嘲笑。对孩子们来说,这是多么艰辛又羞耻的经历啊。当对方律师问到孩子们是否练习过时,瞬间就让我后悔把孩子推上台前,我对不起她们。询问超出了预计时间后,圣子越来越感到混乱,连问题都听不太懂,她作出的回答在大人看来当然会有不合理的地方,我也承认她说的一些事叫人难以理解。但光凭这一点就质疑这件事的核心,这让我无法接受。关于受害情况和地点,孩子们的控诉自始至终都是一致的。

"自从我们得知圣子患有障碍起,我们就担心她会遭到犯罪行为或不当的对待。这种担心并没有结果,却一直在我们心头萦绕不去,我们没有一天不为女儿的未来思虑。这件事发生以后,一种前所未有的强烈不安和绝望笼罩在我们身上。女儿遭到侵害,我们一家失去了太多的东西。绝望和不甘曾让我们痛苦到无法继续生活。为了不让其他人受到和我们一样的伤害,我们奋战至今，可目前我们的境况却只能说明，认知障碍者无论受到什么侵害都只能忍气吞声。为了保障并提高认知障碍者的人权，我发自内心地恳求法院能够做出公正的判决。"

回到座位后，我隐隐听到旁听席传来了细微的哭声。坐在高木老师旁边的鲛岛律师举起了手：

"我方也有话想说。"

"尽量简短一点。"

得到审判长的许可后，高木老师站了起来。

"这是冤罪。"

逆袭

高木老师念起了准备好的稿纸。

"我是冤枉的，但由于一边倒的新闻报道，我和家人都身心俱疲。说出确切时间、地点的是圣子本人，这和他们所谓'认知障碍者很难确认时间、地点'的主张背道而驰。另外，圣子母亲声称她在圣子受害当天就从圣子口中听闻此事，但这句证言已被定为不可信。此后，他们又转而搬出了有障人士的人权问题。他们主张，只要是有障人士，就算说的是一派胡言，我们也得好好听着。圣子的病历上明明写着，圣子在转学后很开心，很享受当时的校园生活。"

他还说起了我完全没有印象的事。

"病历上还写着'至少要拿到精神损失费'。"

法庭上的气氛一下子微妙起来,我身边的律师们也一齐看向我。高木老师继续道:

"地方法院和高等法院的判决书,是排查一条条证言后得出的结果。具体的调查过程在判决书里都有记载,劳请各位拨冗阅读。我认为,字里行间都可以感受到,司法人员真诚地听取了孩子们的证言,并且仔细地进行了调查。

"我是冤枉的,希望各位能慎重考虑。我就说到这里,谢谢大家。"最后他又重复道。

我不知道怎么反驳,第一次口头辩论就结束了。

"你们说过这种话吗?"

一出法庭,律师团就向我问道。

"没有吧,我不记得说过,我会马上查一下的。"

我实在摸不着头脑。在庭审后的集会上,我跟支援会也说了这个情况。

"我完全不记得,我想请求信息公开,搞清楚他们到底是从哪里看到这句话的。"回家后,我在病历上找到了"想要回医药费"这句话,但"精神损失费"和"医药费"完全不是一个概念。在律师团的帮助下,我请求法院订正意见陈述。

法庭的旁听席上,渐渐也出现了高木老师的支持者。毕竟高木老师一口咬定他是"被冤枉的"。

"认知障碍人士的证言不能全盘相信,必须慎重调查"——

最近发生的一起冤案几乎证明了高木老师的这一主张。警察错误逮捕了患有严重残障的男性，结果在刑事审判的过程中发现了真正的犯人。

该事件中，认知障碍人士在警察的诱导下写下了自供状，很多人因此对侦查机关产生了不信任，担心侦查机关会利用认知障碍人士的证言达到自己的目的。

高木老师的辩护律师鲛岛也作为"人权派"专家接受了电视采访。

> 侦查方有一种先入为主的观念，认为孩子不会说谎。因为她们有认知障碍，就完全相信她们说的每一句话，我觉得这似乎不妥。其实，正因为孩子有认知障碍，侦查机关才更应该慎重调查，不带任何先入之见地听取各方意见。

我在网上看了相关的新闻报道，不禁回想起他对圣子进行交叉询问的光景。鲛岛律师上来就问"练习过吗"，叫圣子不知所措，随后又进行了长达一小时的询问。他用这种手段打赢了刑事诉讼，得势之后，他称"该事件成了调查认知障碍者证言的判例"。

高木老师的支持者还将矛头指向了媒体。一位在下达无罪判决前就与我们走得比较近的女记者遭到了抗议。她写过一篇题为《无关怀的司法与不平等》的专栏文章，记录了我们起诉前的心路历程。

现行的审判制度是以"正常的成年人"为基准制定的，我不赞同把残障人士也强行纳入这套制度之中。不顾及人与人之间的本质差异，能叫平等吗？女孩的母亲曾说："无罪释放该教师，就好像在告诉人们可以对残障人士为所欲为，这是最让我痛苦的。"受害者的控诉中包含着对当今社会的愤怒，这个社会无视卑劣的犯罪，默许下一次的侵害。

专栏里还介绍了过去的相关案例，都是认知障碍人士受害后起诉，证言却没有被采纳的例子。这位记者呼吁改革现行司法制度，加强对认知障碍人士的关怀。

然而，一个防止媒体侵害人权的市民团体却声称这篇专栏"有损该教师的名誉"，并提出抗议。

"孩子的证言中有很多说不通的地方，法院经过慎重调查，认为其不可信。该教师在刑事审判中已被判无罪，在报道针对他的民事诉讼时，不应该采取偏袒某一方的态度。"

这位女记者通过书信和电子邮件的方式与这个市民团体沟通，却未得到同意，最后不得不配合第三方委员会的调查。

第三方委员会的专家认为"虽有必要尊重司法判断的结果，但批判地思考并指出问题也是新闻报道的重要作用""批判现行司法制度和主张改革的观点都具有一定正当性"，这相当于站在了女记者一边。即便如此，这位记者也因与市民团体的沟通和所属单位的内部调查而筋疲力尽。

没想到因为报道了我们的诉讼，她竟然遇上这种事……

一想到将她卷入了这场纷争，我就十分过意不去。

支持高木老师的人从来没有对我们直接说过什么。口头辩论结束后，我们曾在地方法院附近的咖啡店遇见过他们。

"我想谈一谈。"

孩子爸爸主动上前打招呼，他们却匆匆离去。支援会成员给他们去信后也从未得到过任何回音。

陈述书

民事诉讼从书面对峙开始。高木老师、市政府、县政府准备的反驳文书不断送到我方边。通过律师团，我也拿到了这些文书。

高木老师和市政府仿佛串通一气，送来好几份出自现任小学教师的陈述书，写的都是"没有发生过此事""不可能发生此事"等内容。

他们若想维护自己，必然会将攻击的矛头指向孩子。

为什么他们要说这种话……

每次读完那些文书，我的心情就会变得沉重。这些资料一般都由山城女士预先阅览，她再打电话来安慰我，同时告诉我大致的内容。我必须好好研读之后才能考虑反击，但有些话我到最后也无法直视。

我们唯一的指望，是牵牛花班的家长们。我们要收集证言，再现高木老师担任班主任期间的课堂情景。

阿部律师多次来到车站附近的会议室，一边听取大家的发言，一边劝说家长们以陈述书的形式将证言提交给法院。

同班的孩子和家长们都因这起事件受伤很深。

"写这些会让我再次想起那时的事，那种痛苦的回忆又会浮现在脑海。""刑事审判时出现了多个孩子的名字，听着真的太难受了。"

一些家长的孩子还在那所小学读书，他们也不情愿因陈述书而和学校产生对立。

我为了给会议室上锁，每次都会在门外等待阿部律师劝说完所有到场家长。我对那些母亲的心情感同身受，因此不好多说什么。

当我坐在门外长椅上的时候，一位母亲跟我说：

"我愿意写，这些都是真事，我来帮你写陈述书。"

刑事审判中被判无罪后，高木竟敢改口声称自己是"被冤枉的"——育有一位女儿的这位母亲难以接受这点。

以此为突破口，三位母亲都认为受到侵害的我们绝不能忍气吞声，毫不犹豫地为我们写了陈述书。

这三位母亲和我一样，都是听信了市教委所谓的"模范班级"后转校而来的，可谁想到我们的期待转眼就落了空。

> 虽然我们同意转学去牵牛花班，但我以为孩子的学籍仍在普通班级，只是在必要时才去牵牛花班上课。可实际

入学后我才发现，鞋柜、教室都没有和普通班级在一起。我以为牵牛花班会帮助孩子，让他们最终获得回到普通班级上课的能力。可事与愿违，他们根本没有正经授课，每天上课都是到公园玩耍，更别提家庭作业了。在我们家长的强烈要求下，老师最后布置了作业，但孩子上交之后，他们也只是应付了事，随便打个对钩就还回来了。我每次都会替孩子检查作业，全部改正后才让孩子提交。有一次我没注意，忘记改正就让孩子交了，结果那份作业上还是打了对钩，我这才发现班主任高木老师根本没有看作业的内容。

另一位母亲写下了给孩子送忘带的东西时偶然看见的校园景象。

  我在教室外面漫不经心地望向教室里，就看见孩子们站成一排，高木老师站在讲台上大声怒斥着什么。他凶狠狠的样子让孩子们都很害怕，看起来简直像在军营一样。当我走进教室时，高木老师一转刚才严厉的姿态，声音也柔和起来，细声细语地跟我问好。我强烈地感觉到，这个老师在家长面前和在教室里有着两副完全不同的面孔。

第二学期开学后不久，家长们对高木老师的不满越来越多，才过了一个月就召开了临时家长会，讨论高木老师的能力问题。

说白了，他连一点当老师的样儿都没有。我去接孩子的时候跟其他家长聊过，大家都不满意或不信任高木老师。可以肯定的是，当时牵牛花班的家长一致认为高木老师存在很多问题，大家都非常气愤。

陈述书里还写到对市教育委员会和学校老师的不信任。一位母亲听说高木老师谈论女学生的身材后，向助理教员求证，结果助教说"他和其他老师聊天时也说过类似的话，我觉得很恶心"。

"那你怎么不保护好学生呢？"我忍不住爆发了。如果已经知道高木老师对女学生有性方面的兴趣，那更应该关注高木老师的言行。如果早早地报告给学校和家长，让大家采取措施，不就能防止更多孩子受侵害吗？我实在是咽不下这口气。

"牵牛花班开学后我会去看看的。"说出这话的市教委男职员从来没有到访过学校。一名市教委女职员曾在说明会上强烈推荐这所学校，我向她反映"学校根本不当回事"之后，她竟然回答"那所学校是有点儿……"好像早就知道了一样。前后态度相差这么大，实在太让我失望了。

事件被曝光后，孩子们还是很难说出自己的遭遇，很多家长不便追问太多细节，免得给本就十分痛苦的孩子雪上加霜。

我也问过孩子为什么不多告诉我一点。结果孩子哭着对我说："他说要是我告诉别人，他会追到家里来，我很害怕。"如此过分地威胁孩子，我感到十分气愤。

一位母亲对一直否认事件真实性的校方抛出了质疑。

如果有一天，孩子回家后满脸通红地说"我被老师摸胸了"，做家长的该怎么办？家长心里多半会很复杂，我觉得受害者家属的做法无可厚非。学校和教育委员会的做法无异于将儿童推入火坑中，对此感到绝望的家长选择报警，诉诸司法途径，这一路必定充满艰辛。倾听孩子的声音，固然是家长的分内事，难道不也是周围所有成年人的责任和义务吗？这都做不到，那还在讲台上空谈什么？当教育委员会的各位放下组织身份，作为普通的成年人面对这些孩子的时候，又会作何感想？当我听到身边有大人公然宣称一切都是谣言时，这个社会的扭曲直接显现在了我眼前。圣子她们没理由陷害高木老师。我真心希望高木老师能借此机会，好好审视自身。

另一位母亲在陈述书中是这么总结的。

考虑到孩子的将来，父母肯定不想让别人知道自己的孩子遭受过这种侵害，更不愿开口谈及。我们会向前看，

> 努力忘记这种经历——哪怕这注定无法被忘记。写这份陈述书，让我想起了当时的痛苦，中途不得不多次停笔。但是，我不想再让更多的孩子受伤了。我不想让其他孩子和家庭经历我们受过的苦。就是这个念头，支撑着我写完了这份陈述书。我希望大家正视孩子受到的苦难和事件的真相，倾听孩子的声音，站在孩子的角度考虑问题。我真心期望，大人们不要为了一己的地位、名誉而利用孩子。现在还有孩子正备受折磨，希望此次审判能为他们带去些许慰藉。这就是我最真挚的想法。

我和这位母亲一样，也想尽早让这些痛苦的回忆淡去，我很感谢她能鼓起勇气帮助我们。

年末的那场口头辩论结束后，我们照例举行了报告会，律师团在会上介绍了其他家长帮忙写陈述书的经过。我的一位旁听了庭审的初中同学在支援会的简报上撰文，表达欣慰与谢意。

> 这些陈述书说明，有很多孩子和家长仍在痛苦中挣扎。学校、市政府和县政府对大家的不满和投诉置若罔闻，我们必须追究其责任。律师团的不懈努力，以及受害儿童家长敢于站出来的勇气，都为围绕这场审判的斗争提供了巨大力量。

专家

老练的鲛岛律师也不甘示弱。

他请来一位日本的国立大学教授写了意见书。这位教授专攻认知心理学、发展心理学和审判心理学，曾撰写有关儿童审讯的著作，其发言在司法讯问领域很有分量。

意见书中列举了圣子在医院拍摄做证视频的问题，并认为圣子等人的证言"有些许难以置信"。

律师团开会讨论这份意见书，会议氛围十分凝重，好像一艘漂泊在海上的大船突然被夺去了航海图。

律师团中，有位律师也曾请这位教授写过意见书，另外还有不少律师对他印象不错。我们原本想请这位教授写意见书，却被对方抢先一步。

"既然他们出了意见书，那我们就要坚决反驳！"

一位律师斩钉截铁地说。就这样，我们定下了接下来的方向。

> 听闻教授是运用心理学研究司法讯问的专家，但这份意见书却缺少科学性、理论性的程序，推理论据极为薄弱，全篇自始至终带有偏见。

我们马上提交了书面的反驳意见。

国立大学教授的意见书反复指出，对圣子的询问"以事件确实发生为前提，并未考虑其他可能性"。然而，教授也以"事件从未发生"为前提写下了意见书，将事件发生的可能性排除在外，这未免失之偏颇。

我们在日本全国寻找可以帮助我们鉴定的专家，最终找到一位专攻社会心理学和实验心理学的私立大学教授。鉴定内容除了圣子在医院拍摄的做证视频，还有牵牛花班的日志、病历复印件、圣子外婆的日记、视频分析报告、检察厅笔录、法院询问记录等资料。

鉴定费用超十万日元，支援会成员们帮我们筹措了资金。

这位私立大学教授着眼于录制视频前孩子反复控诉的受害事实，在意见书中指出"最核心的部分前后没有变化，具有一贯性""关于受害事实中的主要事件的叙述始终一致"。

另一边，国立大学教授在意见书里介绍了英国、德国、加拿大等国家的访谈方法，说"司法讯问为了尽可能更多地从孩子口中得到正确信息，需要在询问方法上下苦功夫"，指出为圣子拍摄做证视频这一方法的不当之处。私立大学教授对这些指摘表示了理解，但认为应警惕其中的根本性问题。

> 这些指摘将制定恰当的访谈方法和正确的记录方法的难题强加给了访谈者。这与事后的实际叙述，尤其是不完整叙述的真实性问题不在一个层面上。

国立大学教授列举的那些访谈方法在日本尚未确立，既没有相关的专业人员,也没有完善的硬件条件。这种情况下,仅在事后才严格检验口供可信与否,就相当于断了受害者的救赎之路。

推卸责任

在收集证据,追究市政府和县政府责任的过程中,各部门间相互踢皮球的问题也逐渐显现。高木老师在市小学任教仅一年后,就被调到圣子所在的新学校。高木老师过去惹的麻烦已在家长间传开了。他被逮捕后,就有家长在家长会上向市教育委员会的负责人质疑:"我听说高木老师在之前那所学校就犯过事啊!"

"不是这样的。他在之前那所学校担任了一年特殊教育班级的班主任,没听学校反映有什么教学问题。他的调动是正常的人事安排,而且他本人也希望换个环境,最后就被派到这所新学校来了。"

"教育委员会居然不知道他之前的表现,不应该啊!"

"我们没听之前的校长或副校长说过他有任何问题。"

"你们为什么不找之前学校的领导谈谈,考察一下这个人?"

"我们没有调查他在本市以外的任职经历,但他来到本市之后的情况我们都有所了解,和他执教的上一所学校的副校长谈过话。第一学期的时候,我们也向他本人询问过他在上一所学校时发生的事,他告诉我们,家长不太信任他,班级管理起来很困难。"

"那个副校长已经告诉你们家长对高木老师的评价不高,你们却没有上报给市教委?"

"学校想自己培训老师,这个过程中很多事学校都不会上报教委,大概就是这么个情况。这里或许确实有一些制度上的问题。"

角田副校长说,他和高木老师本人以及上一所学校的副校长谈话后已经大概掌握了高木老师的情况,但市教委的人却坚称这是"制度问题",要不就干脆当作没有听说。

教育长和高木老师都是从同一个城市调过来的,调任的时间也相近。教育长在市议会上曾说:"我知道,之前学校的家长中有很多人对高木老师的教育方法以及与儿童的相处方式不满,但他在校管理层的指导下,完成了班主任的工作,这也是事实。"教育长还不断强调:"教育委员会没有了解到高木老师有什么不良行为。"

> 我们没有收到他在上一个学校的问题报告,如业务水平不足、与家长存在冲突、学生对他不信任、对学生有性骚扰言行等。另外,被告人高木在其他城市的执教情况应由该市的教育委员会上报县教育委员会,县教育委员会在必要的时候会与我们联系,但县教育委员会从未通知过我们。

自打民事诉讼开始，市政府在答辩书里就是这个态度，县政府也以书面文件的形式强调："两个市都未曾上报被告人高木的问题，我们没有对高木进行过临时评估，也从未收到过教育事故报告。"

教育委员会应该掌握了一些情况，却在发布信息时支支吾吾。僵局之中，其他学生的家长出面帮我们做了证。

高木老师在他市任教时接触过的家长给我们寄来了陈述书。该市的一位议员是广川议员的熟人，他帮我们和那位家长取得了联系。那位家长的女儿小学三年级时的班主任就是高木老师。

> 孩子三年级的时候，高木老师成为他们的班主任。一个男生的妈妈跟我说："高木老师会突然在男生身后大喊'喂''干吗呢'，把孩子们吓一跳，搞得大家都很害怕。"还告诉我："高木老师会说一些伤孩子自尊的话，根本不懂怎么跟孩子沟通。"据说，后来有两三名男生就不愿意去上学了，还有的孩子一到早上就说肚子痛，找理由不去学校。

这位家长出于担心，便向女儿核实情况，结果孩子不仅肯定了事情的发生，还举出了别的事。

> 我女儿说出了更令人震惊的内容。女生换衣服的时候，高木老师会突然开门闯入，假装惊讶地说："啊，你们在换衣服吗？"眼睛直溜溜地盯着女生。女生们叫他别看

了，他狡辩说："大人的身体不能看，小孩的又无所谓。"后来，同样的事情还发生过很多次。我愤怒于班主任的行为，于是召集五位母亲，和大家一起讨论对策。我们最后决定，要在家长会上和高木老师当面对峙，让他反省。

家长会上，高木老师的表现不同寻常，他根本不敢和家长对视，总是闪烁其词，不肯明白承认曾经吓唬过孩子，也不愿道歉。

高木老师对孩子的态度还是和以前一样，没有一点改善。几位母亲找到教育委员会，花了三十分钟说明高木老师的问题，并要求换班主任，但教育委员会只是敷衍一听，态度模棱两可，最后也没有采取任何行动。无奈之下，又有三位母亲去找校长和副校长，要求换班主任，校长却说"那位老师也挺努力的，会不会是你们多虑了"，完全消极应对。不过，等女儿升到四年级，学校还是给换了班主任，高木老师只负责教授社会课了。

高木老师执教的上一所学校的学生母亲也写来了陈述书，她的女儿曾经在高木老师担任班主任的特殊教育班级就读。

家校联络本上高木老师写的东西很少，字迹潦草不清，也不回应我在本上写下的问题。班级远足的事他迟迟不跟家长联系，早自习的时候不发讲义，就让学生们干等着。

从第一学期开始，面对家长们的种种不满，学校组织了座谈会。副校长出席了会议，学校的管理层承认高木老师确实存在问题，并来教室巡视过，教务主任还逐条检查了家校联络本上的记录。可即便如此，问题仍不见解决。12月的家长会上，一些家长要求校长在下个学期把高木老师从班主任职位上换下。

校长和其他领导对高木老师的问题再清楚不过。不止如此，这一年以来，高木老师已然是管理层的一大困扰。副校长对他勃然大怒，校长一提到他就愁眉苦脸，但在离开上一所学校后，高木老师竟然还能来到特殊教育班级的牵牛花班当班主任，这说明上一所学校的管理层考虑的只是甩掉高木老师这个包袱。

这位家长直言："高木老师就像一块烫手山芋，被几个学校抛来抛去。"

牵牛花班事件发生后不久，高木老师上一所学校的副校长曾交给角田副校长一份"交接说明"，这份说明也在审判过程中被公之于众。

"无法摸清每一个学生的情况，对学生的培养方式缺乏基本概念，教学缺乏计划性和持续性。""无法针对学生制定个性化学习规划。""与家长沟通不及时,无法回答家长的问题,无法完成与家长的约定。"

"交接说明"中列举了高木老师与另一位班主任的问题,与牵牛花班家长指出的问题一致。与此不同的是,牵牛花班的助教却获得了很高的评价:"了解学生情况,懂得通过恰当的身体接触指导学生……自费为学生准备适合的教材"。

说明中提到,高木老师二人对助教采取"高压态度,无法与助教配合",并且认为二人在某些方面不适合做教师,"缺乏教育热情""教学能力不足""对孩子缺少真诚和爱"。在最后的总结里,还对二人给孩子的潜在不良影响表达了担忧。

> 学生从去年开始表现得烦躁不安,无法控制情感,打窗户、扔东西、自残等行为越来越严重。高木老师不仅没有对这些行为予以充分应对,甚至让孩子身体受伤。校方反复对高木老师进行指导,并令其在暑假期间参与研修。高木老师在当时做出了改正的承诺,但并没有付诸实践。

然而,市教育委员会对这份说明的评论却是:"这是上一所学校副校长的个人记录,没有上报教育委员会。另外,关于被告人高木等两位教师的教学情况,虽然留有纸质记录,但是其中没有记载任何原告主张的虐待行为。"

县教育委员会也否认和高木老师的问题存在任何关系:"基于任命权,县教育委员会只负责将教师分配至学校,并没有权限指定该教师具体负责哪个班级。高木老师担任牵牛花班班主任一事，县教育委员会一概不知。"

3月末的报纸上刊登了教职工人事调动公示，上面安安静静地写着，高木老师自愿离职了。

他会不会去其他县的学校就职，会不会出现新的受害者啊……

我心里感到不安。自愿离职的老师可以拿到补偿金，也不会失去教师资格。

支援会的成员纷纷表示愤慨。随后，支援会向县政府和市政府发去文书，公开质问他们高木老师离职的经过，要求他们解释，要如何处理这位曾持有儿童色情物品的教师，其离职之后又有何安排。

> 没有吊销教师资格证，就说明他以后还能从事与儿童相关的工作，可以再次接触不善表达的残障儿童。县政府和市政府有责任防止孩子们受到类似毫无道理的伤害。

支援会如此强调道，并要求县政府和市政府在黄金周结束前回复。

"你们询问的问题涉及个人隐私，因此无法回答。"

县里的回答不过寥寥数语，而市里更是默不作声。

不过，县里对待我们的态度倒是发生了转变。我们要求县里说明高木老师自愿离职的原委,待法庭上的口头辩论结束后,我们造访县教育委员会时,对方就答应与我们见面了。

我们谈了近两小时,关于高木老师的处置和今后的对策,双方的意见仿佛永不相交的两条平行线,但在"预防儿童遭受猥亵侵害"这一点上,我们达成了一致。

我们没能直接就圣子的事件向县教委问责,这让我很不痛快,但眼下确保双方今后能继续沟通才是最重要的。

我们把与县教委沟通的情况告诉了律师团,律师团认为这不会对诉讼造成影响,我们便更大胆地加强了与县教委的联系。由一位担任非营利组织代表的支援会成员牵头,我们和县教委就"今后如何预防儿童遭受猥亵侵害"这一问题展开了深入讨论。

第一次会议定在盂兰盆节假期前,地点是县教育委员会的会议室。包括山城女士在内,支援会有七人参加,县教委则派出了教职工科和特殊教育科的三位职员,对此事件十分关心的县议员也参加了会议。

按照支援会事先向县教委的提案,双方同意优先讨论以下问题:在调查受害情况时,将儿童的心理健康置于首位;通过设立第三方机构等措施,实现公平调查;如何处理被发现持有儿童色情物品的教师。

10月的第二次会议上,县教委的工作人员表示他们会"同家长、医疗机构合作,关照儿童的心理健康,并在保护隐私的同时对受害儿童进行及时且谨慎的调查"。

关于调查的公平性，县教委给我们发了资料，介绍了其他地区采用的第三方机构制度。另外，在圣子受害后，我们没能向体育振兴中心提交事故报告，县教委表示以后如果再出现学校与家长争持不下的情况，可以在报告中一并保留双方的说辞。

在民事诉讼时，参与会议的教委工作人员成了证人。为了避嫌，我们和县教委的协商止步于这两次会议，但双方一致同意，为防止新的受害儿童出现，我们需要做出改变，这也算是一种进步。

另一方面，市政府却完全不承认支援会的活动。11月，我们以"防止校园性骚扰"为主题，策划了面向教职人员的学习会，邀请了一些大学教授做讲座。为了防止类似事件的发生，我们希望更多人参与进来，便向市里申请支持，但是市政府却以"对本市教育政策无益""主办者不属于公共团体"等理由，轻蔑地拒绝了我们。

第五章　根源

加速

审判员也出现了人事调动。年末第九次口头辩论之后,审判长换成了女性。这位女法官的声音洪亮,给人感觉十分干练,审判的进程变快了。

书面材料基本都已提交,审判长认为双方的争论点已基本厘清,想抓紧推进证人询问程序,便在来年的4月到5月安排了三次证人询问。

"尽量减少证人,缩短询问时间。"

审判长要求加快速度,并希望能在秋天到来之前作出判决。

在律师团的不断要求下,我们申请的证人基本得到了法院的许可,但询问时间却被大大压缩。

> 原告已身心俱疲,此时加快判决进度固然很好,但我们担心,新审判长能否有时间仔细阅读律师团提交的大量书面材料,并以此为基础做出公正的判决。希望法院不会为追求速度而草草做出判决。

审判加速后,支援会也有了紧迫感,山城女士便在简报上写下了这段话。我也在心里默默祈祷,希望法院在做出判断之前,能仔细阅读我母亲的日记。

此次证人询问的关键,就是将日记作为新证据提交的母亲。

"我要说的都是实话,没什么好怕的。"

母亲之前也是教师,虽然已经八十岁了,但是在法庭上身板仍挺直得一如往昔。她开口讲起五年前的暑假,圣子在她家的情况。

"圣子本来很乖,之前连'我想要这个''给我买那个'都不会讲的,那时突然开始主动诉说自己的受害经历,我只会勉强附和'太可怕了''真不容易''你都忍下来了啊',我真的不知道还能再说些什么。"

母亲还说,小学毕业前,她和圣子在家附近的河边散步时,听到圣子嘀咕:

"如果我没生下来就好了。"

最让母亲介怀的,还是圣子拿到毕业相册时的场景。

"圣子,恭喜你毕业了!"

圣子没有理会母亲的话,只是使劲用指甲抠着那本相册。

"怎么了?"

"照片里有我最讨厌的高木。"

"别这样,这是纪念相册呀。"

"我要把这张脸抠掉,一直抠,直到看不见为止。"

无论母亲怎么劝,圣子都不肯停手。

法庭上，母亲拿手绢抹了抹眼泪，对所有人说道：

"一个有血有肉的人遭受了那么严重的侵害，她那么痛苦，那么难过，却无处可逃，想到她要这样活一辈子，我真的觉得太可怜了。"

带着哭腔的声音回荡在法庭上。

虽然是工作日，但三十六个旁听席位对到场的支援会众人来说还是远远不够，大家只能轮流旁听。

我第三次站上了证言台。在我之后做证的，是另一位牵牛花班的母亲。在律师团的争取下，法庭里摆上了隔挡，让她可以避免与高木老师碰面。为了保护孩子的隐私，询问时提到的名字都使用了事先商量好的缩写。

"站在这里其实让我非常痛苦，但是受害者家属努力的样子打动了我。如果我逃避了，我会后悔一辈子。我应该讲出真相。"

这位母亲言语恳切地回忆了牵牛花班发生的事，她本想将这些事深埋于心、慢慢忘记。然而，高木老师的辩护律师在询问中却说出了一个孩子的名字。

"什么？！"

这位母亲慌了神。

明明事前已约定好，庭审过程中绝对不能说出孩子的名字……

这到底是律师的无心之过，还是有意为之的心理策略？无论怎样，对这位竭力帮我们写下陈述书并出庭做证的母亲，我只有歉意。

第一场证人询问时，一位负责照看乘坐轮椅的儿童的助教指出了高木老师和圣子在牵牛花班旁的空教室独处的可能性。

然而，黄金周后的第二场证人询问中，和高木老师一同担任班主任的健太老师却在极力庇护高木老师。

"我看见高木挠圣子的肚子，但是圣子并不反感，这是在增进师生关系。""我见过班里的男生摸女生的胸，但是没见过高木老师有猥亵行为。"

第三场轮到高木老师出庭做证。他缓缓环视了旁听席，然后走到证言台前。对于原告的质疑，他一律回答"不记得"。

每每提到来自上一所任职学校的家长的投诉，还有学校和教育委员会的调查时，高木老师总表现得一脸不悦。

"不说得具体点我怎么知道。""你们把问题好好整理下再来问我。"

他坚称触摸胸部、露出下体等猥亵行为都是一年级的男生做出的，甚至声称挠肚子是圣子本人的请求。在刑事审判中曾承认过的打圣子一事，此刻也全盘否定了。

临时法庭像桑拿房一样闷热。

我感到愤怒和失望。

到底发生了什么？我只想知道真相。然而，一次又一次的审判却让我觉得自己正与真相渐行渐远。

"无论怎么否认，高木老师到底对圣子做过什么，他自己心里最清楚。我现在仍认为，如果他还有一丝良心，就应该在这个法庭上亲口说出事实。令我更加难以置信的，是无罪判决下达后教育委员会的态度，他们将无罪视同无辜。但是，无罪并不等于无辜。"

结束审理那天，孩子爸爸第一次站到证言台前陈述意见。他讲到水户事件——那起事件中，患有认知障碍的受害者在一番苦斗后，终获胜利与救赎——还提到了许多无法将事实公之于众的受害者。

"在今天的日本，无论经历了多么悲惨的事，受了多大委屈，无论人权被如何践踏，认知障碍人士的证言都不会得到承认。别说有罪无罪了，连立案都很困难。对患有认知障碍的人来说，日本就是地狱。此时此刻，日本各地都有认知障碍人士正在受到虐待，他们因恐惧而瑟瑟发抖，却无法大声说出自己的遭遇。现实就是如此悲惨。我再也不想让圣子遭受那种事了。我不想看见她噙着眼泪忍受虐待，我只希望她重新找回那温柔平静的笑容，好好生活下去。我不想让她再在夜里呻吟，只希望她睡得安心。就算她有认知障碍，我也希望她能作为一个人，有尊严地活下去。我希望圣子在走完这一生时，能感叹人生的美好。

为此，我希望社会能更多地认识到认知障碍人士的人权，希望更多的人理解他们的处境。不然的话，就算我们做父母的撒手人寰，也无法瞑目。从这层意义上来说，这次审判十分重要。我诚恳地希望，法院在做判决时能拿出勇气。"

重阳已过,洒在法院走廊的阳光还带着暑气。最终判决将会在圣诞前夜宣布。

圣诞夜

"一想到平安夜要告诉女儿审判结果,我心里就沉甸甸的。"

判决下达前一个星期,我在车站附近的咖啡店对一位记者说道。

"赔偿金额只有一两百日元也行,只要他能承认哪怕一件罪行,这是我的真心话。"

判决前一天,电视上播放了采访我们的特别节目。节目组甚至千里迢迢,到我父母家进行了采访。

12月24日,我的父母和我们夫妇一起前往地方法院。如果圣诞老人能送给我们一份礼物就好了……我没有告诉圣子今天就会下达判决。

天阴沉沉的,即使到了中午十二点半,气温也没有升上来。旁听席的抽签开始了,一共三十个位置,却有一百二十六个人在排队。

下午一点十分开庭。三位法官入庭后,法庭里一片寂静。首先是法庭内的摄像。我和孩子爸爸第一次离开旁听席,在律师团的簇拥下坐在栅栏另一边等待判决。

"正文……"

我闭上了眼睛。

"被告市政府、县政府应向原告支付六十万日元。"

真相,终于被承认了——

我小小地做了一个胜利的手势,然后抬头望向审判长。旁边的律师团正表情严肃地记录判决理由,但旁听席上已是一片笑容。

审判长宣判了圣子控诉的三条罪行:在泳池旁击打头部;用拳头击打面部;触摸胸部。

"圣子当天回家后马上告诉母亲她被摸了胸部。从圣子当时的态度和前后的时间经过来看,这种受害后的行为是自然的。控诉的内容也十分具体翔实,因此圣子的控诉具有充分的可信性。即使现场有其他教师和儿童,即使帘子是打开的,暴力行为仍有可能发生。"

法院门口已经架起一排摄像机,支援会的成员收到律师团传来的小纸条后,马上拉起了"部分胜诉"的横幅。一时间,山城女士被记者团团围住。

"胜诉,也就是说你们的主张得到了承认,对吗?"

"是啊。我们控诉的重中之重就是性虐待,其中有一部分内容被宣判了,此次判决作为判例意义十分重大。部分胜诉,这是无疑的。"

为了参加接下来的发布会,我们和律师团一起来到律师会馆的休息室。

律师们看起来并没有如释重负,他们都对判决书的内容愤愤不平。

"只承认了这么点内容……""居然完全无视了外婆的日记。"

法院的判决里提到圣子外婆的日记"可能是后来补上的，无法由此认定原告在暑假前已向母亲控诉的内容以外的侵害"，否认了日记作为证据的价值。

律师团事先准备了两份发言稿，一份用于胜诉，一份用于败诉，现在他们正在把两份文稿编排成"部分胜诉"的稿子。律师们提笔写道："除三种虐待行为外，判决没有承认其他虐待事实，这一点让我们感到十分遗憾。"

桌子的一角，我静静听着他们讨论。

发布会的时间比预计的晚了些。律师团解释完判决书内容后，孩子爸爸开始发言。

"圣子被摸胸的事实得到了法院的承认，这一次我们终于可以放心地告诉女儿这个结果了，谢谢大家。"

"那么接下来，请孩子母亲说两句。"

主持发布会的野中律师让我讲话。

"好的。"

台下的快门声此起彼伏，感慨万千的我一时竟不知该从何说起。

"那个……在这场审判中，我女儿终于被当作了一个有血有肉有灵魂的人。这一路走来发生了很多，但为了那一线希望，我们都没有放弃，我庆幸我们坚持了下来。女儿们诉说的侵害终于得到了承认，对我们一家而言，这个意义是重大的。一开始，我的小女儿说出姐姐受到的暴力对待时，没有人相信她的话，这在她心里留下了巨大的伤疤。我想，这次的结果应该能让她心里好受不少。

"对我来说，但凡有一件被害事实得到承认也是值得高兴的事，但是就为了这一个承认，我们必须经历将近五年半的苦苦挣扎吗？其实，我至今仍觉得委屈、不公。他们总说'迅速进行了应对'，但如果他们真的及时做出了反应，我们怎会经历这五年半的苦难，又怎会为了真相而走到打官司的地步呢？如果负责班级的老师、负责学校的校长，还有市教育委员会、县教育委员会的领导能重视这个问题，真诚对待，那我们受的伤也不至于这么深。我女儿受到了恐怖的威胁，很多事她仍然说不出口，又或者羞于开口。为了不让父母担心，有些事她可能从未向我们说过。这些隐藏的事实未能得到承认，不得不说是种遗憾。总之，这次审判揭露的只是冰山一角，我希望这能成为许多正在饱受煎熬的人前进的契机。"

一位电视台女记者举起了手，她曾参加过提起诉讼时的那场发布会。

"提起诉讼时，您说希望能为认知障碍人士争取更多权利。您觉得这次审判结果是否为认知障碍人士争取到了更多权利呢？"

"虽然也有一些我无法接受的地方，但这个案子一没有目击者，二缺少证据，这种情况下，孩子所控诉的摸胸一事得到承认,这真的意义重大。"

意义重大——我用力强调道。

"还有很多事没有得到法院的承认,关于这点您怎么想?"

"圣子外婆的日记没能成为证据,我真的很不甘心,这说不过去。法院说这份日记缺少合理的解释,我不明白什么才算合理的解释。不过,刑事诉讼中判定无罪的事得到了承认,这仍然有不小的意义,我们对此还是高兴的。"

我沉浸在喜悦中,这次终于能告诉圣子:"他们相信了你说的话。"

不过,也有很多人对审判结果表示不满。只有三项侵害行为得到了承认,此外所有受害情况都遭到了驳回。更重要的是,法院对于市教育委员会和学校的一系列应对措施竟做出了"迅速"的评价。我们虽然"胜诉"了,律师团在发布会伊始的判决说明中仍流露出几分不满。

如果不服判决可以上诉,期限是拿到判决书后的两周以内。

第二天,我和孩子爸爸、山城女士一起参加了律师团会议,讨论上诉的利弊。

"今后可能还有人会面临和我们一样的困境,就这样接受这份判决真的好吗?"

我们总觉得如鲠在喉,便对律师团袒露了心声。一路走来,律师们都带着一份为弱者发声,防止悲剧重演的使命感,他们拿到的报酬不值一提,却自愿坚持到了今天。

"我觉得最重要的是,你们一家能否接受这一判决。虽然只是一部分，但性虐待的事实还是得到了承认。"

刑事诉讼中，无论是地方法院还是高等法院，都没有承认我们的控诉。说实话，我并不觉得再来一次能得到更好的结果。我最担心的，是好不容易得到承认的内容会被高等法院推翻。

"目前，日本的司法体系并不利于孩子的性虐待证词，尤其是有认知障碍的孩子。从现状来看，三项控诉得到认定已值得高兴，所以我们还是倾向不上诉。"

律师团的各位律师和顺地接受了我们夫妇的意见。

再出发

久违地度过了一个舒心的正月。就在节后上班的第一天……

我坐在回家的公交车上，手机响了起来，电话那头是一位男记者。之前的两位记者被调走后，他接手跟进我们的案子。

"市里面上诉了。"

怎么会这样……据说，市政府认为"在市政府的调查和刑事审判中被否定的内容得到了民事审判的认定，其中一定存在对事实的错误理解"。

紧随市政府的脚步，县政府也选择上诉。我们急忙和律师团举行会议，考虑到我们对上次的判决也有不满，便决定继续抗争。我们办了"附带上诉"的手续，这是被上诉人对判决内容提出不服的一种程序。

市政府和县政府又一次试图摆脱责任。支援会向市政府和县政府提交了请愿书，强调"上诉是对受害少女和家人的又一次伤害"，要求撤销上诉。我们还在日本全国展开了联名活动，最终收到七千五百多份签名传真。

上诉随后被报告给县议会。2月召开的县议会上，有不少议员对上诉提出了异议。

"我认为知事应该撤销上诉。这次事件发生在校园里，受害者是有认知障碍的学生，是在极端封闭且特殊的条件下发生的事件。刑事审判也表示受害事实不容置疑，只是因为无法证明时间和地点才判了无罪。考虑这些情况，再试想一下受害者的心情，我对县里的上诉决定感到十分遗憾。知事，您难道不应该撤销上诉吗？""受害学生现在仍饱受创伤后应激障碍的折磨，主治医生说她很难痊愈。性侵患有认知障碍的小学生，这绝对不可原谅。上诉无法解决这个问题，请知事务必撤销上诉。"

而县教育委员会反复强调，他们只是跟随"市政府的判断"。

"第一，掌握此事一手详情，直接监督此事的市政府已经选择上诉；第二，刑事审判的结果是无罪，与此次审判的结果不一致，二者之间的差异需要解释；第三，当事教师本人否认所有事实。从这几点来看，此案仍然存在分歧，因此应该请法院一查到底。"

但是，在县议会上有人指出，汇报上诉情况的县教育委员会会议上，教育长以外的所有委员都认为不应提起上诉。最后，县议会虽然通过了上诉报告，但是议员们已向知事明确表示"少女深受伤害是事实,二审判决下达后,不应继续提起诉讼"。

此前坐在市议会的旁听席上,我听到的净是一些揪心的话。然而,这次听到许多体谅孩子的发言,我在旁听席上不禁湿了眼眶。

也是在那时,一位身穿亮黄色西装的女性来到了我们在车站附近的会议室。她是来道歉的。

"我已经和市长谈过很多遍了,还是没能说服他,让您受了很多委屈。"

原来她就是在市政府提起上诉后马上跟进的县知事。

反观市议会,市教育委员会一直声称"愧对自己人",想要给上诉找到正当的理由。

"刑事审判的结果是无罪,民事审判中一定存在对事实的误解,我们对判定方法有疑虑。教育以求真为目的,如果教育者因为赔偿金额不大,认定事实不多就草草接受,或由于某种顾虑而掩藏对判决的怀疑,我想这对孩子和站在讲台上的老师们也没有益处。"

支援会的简报上刊登了孩子爸爸写的《判决报告》,里面虽然提到了胜诉的喜悦,但字里行间流露的更多是不甘,是对将孩子的控诉视作儿戏的市政府的愤恨。

> 我们苦苦战斗了五年半,才终于得到了一点回报。然而,事实却是,判决中采用了很多来自市教育委员会的解释,我们的控诉大多被驳回。恐惧、震惊、屈辱……各种

情感在孩子心中发酵,她们却无法对父母开口。老师于她们的影响就是这么大,为什么法官就不能理解呢?这一点在刑事审判中着实叫我们震惊。审判者无法理解弱者的处境,这让我们感到莫名的害怕。

7月,高等法院开庭。

高木老师成了"诉讼第三人",法庭上不见他的踪影。这次,侵害被认定为"公务员职务行为导致的损害",根据日本的《国家赔偿法》,高木老师个人是不负任何赔偿责任的。

春眠

我倚靠在医院病床的床头,春日温暖的阳光照进病房。

窗外电车来来往往。

"电车那么挤,她们俩没事吧……"

圣子以后想开花店,于是读了职业培训学校,千春则进入普通高中。从这个春天开始,她们俩就都要挤电车上下学了。

打了这么多年的官司,我的身体渐渐垮了。

刑事诉讼一审下达无罪判决时,我被诊断出了胃溃疡。我一直在服药抵抗疼痛,但后来又在别的部位诊断出肿瘤。民事诉讼结束后,我终于住进了医院,一边忍受腹痛袭扰,一边打点滴度日。

樱花开了。3月下旬，高等法院的判决几乎意味着我们的完全胜利。

"本院判决如下，驳回上诉人诉讼请求。"

驳回？审判长还在宣读判决，我忍不住问了问身旁的律师。

"驳回？这是好事吧？"

律师满面笑容地看着我，使劲点了点头。

"根据附带上诉，对原判决正文第一条及第二条做出如下更改……"

高等法院在地方法院所判定的7月7日的受害事实的基础上，还认定了高木老师对圣子露出下体、触摸圣子下体、多次触摸圣子胸部等事实。地方法院仅对时间明确的7月7日这一项事实予以承认，高等法院的判决则更进一步，承认圣子在学校反复受到了性侵。高等法院命令市政府和县政府赔偿超过一审判决五倍的金额。

"除受害后立刻告诉父母的事件之外，很多内容是受害者在隔了相当一段时间后才透露的。""即使时间和次数记得不准确，也不能否认其可信性。"

高等法院的判决充分考虑到了儿童和认知障碍人士的做证特点，以及性虐待的性质，这正是我们一直以来坚持的。

"本应为人楷模的教师做出如此暴行和虐待，不可姑息。"

读完判决后，审判长离开了法庭。我和律师们相拥在一起，泪水夺眶而出。旁听席处传出了"赢了"的喝彩，广川议员欢呼雀跃，做出了胜利的手势。

第五章 根源

"胜诉！"

外面下起了小雨，法院外架着一排摄像机。支援会的成员展示了写有标语的条幅，周围响起了庆祝的掌声。

"谢谢大家！这下总算对孩子们有个交代了！"

我们和山城女士抱在一起。在经历了"虚假诉讼"等诽谤后，是她毅然挺身而出，与我们共担烦恼与痛苦。此刻，我们正一同回味漫长斗争后的胜利滋味。

> 在校园里，即使孩子受到虐待，家长也很难起诉。即使想起诉，也会担心被学校、单位、社会机构排挤，最后不得不忍气吞声。即使起诉了，孩子的证词也会受到怀疑——诸如此类的理由，让孩子在受到伤害后也难以得到救助。就这样，孩子们被置于易受侵害的悲惨环境中。此次判决意识到了事件背后的社会问题，在充分理解认知障碍儿童特点及受害儿童心理的基础上，认定了性虐待的事实。这份判决伸张了正义，拯救认知障碍人士于困境，为日本全国苦于歧视与虐待、奋进斗争的残障人士带来了勇气和希望，具有不可估量的社会意义。

律师团发布的声明中洋溢着胜诉的喜悦。

"法院深入了解了事情的真相，我发自内心地感谢他们。"

参加发布会时，我仍泪流不止。孩子爸爸再三说道："这才是公正的判决，这才是公正的审判"。

市长则称"还没有细读判决书，无法做出评论"。不过到了月末，市政府和县政府相继宣布放弃上诉，接受判决。

"这些年来，我女儿一直觉得没人相信自己，这下终于对她有个交代了。感谢支持我们的各位。"

向记者讲述自己的感想时，我说了自己的一些期望："希望市政府能设立第三方机构的咨询窗口，防止此类事件再次发生。"

胜诉后，我忙着帮圣子和千春做开学的准备，待我自己住院时，已是4月中旬了。

手术后又过了两三天，我的病情稳定了下来，便从病床上坐起，给山城女士打了电话。

"市教委怎么说？"

我听说山城女士等人去市教委抗议了，起因是市政府在决定放弃上诉后发布了一篇新闻稿。

> 相关机构的事后应对不存在问题，市政府这一主张得到了全面认可。我们重视刑事审判得出的无罪判决。同时，市政府在调查相关人员后未能确认任何事实。然而，由于事实审[1]止于高等法院一级，我们决定接受高等法院的判决，不再上诉。

---

1 日本法律规定，一审、二审为事实审，法官在审理时需兼顾事实问题和法律问题。三审为法律审，不再对事实进行审理，而只对已认定的事实进行法律判断。

事到如今，市政府还在推卸责任，毫无反省和道歉之意，仿佛不愿直面二审的判决结果。按他们的意思，即使上诉至最高法院，圣子受害的事实也不会得到重新确认，因此决定不再上诉。

"哎，他们真不像话。说什么不会撤回新闻稿，不会道歉，我们也见不到市长和教育长。"

请愿

山城女士说，支援会和市教育委员会在市政府一间堆满杂物的狭小会议室碰面了。双方没有谈拢任何事情，市教委坚称"校长当时组织的调查没有确认侵害事实，现在无法更改结果重写报告书，也不会重新进行调查"。持续近三个小时的会谈，最后也没能从对方口中听到一句道歉。电话那头，山城女士的声音有些颤抖。

"太不甘心了！不能就这么算了。"

"是啊，不能就这么算了。"

我出院后了解到，支援会里大家的意见也出现了分歧。有人认为市政府一直坚持自身的无辜，为了前后的一致，他们的新闻稿已是某种让步。也有一些人没有放弃努力，希望市政府能承认错误。如今的判决结果来之不易，可市政府只求自保的态度也影响到了我们，我们一时不知要以何种基调在简报上汇报判决结果。

就在这时,山城女士组织支援会向市议会递交了请愿书。

> 我们要求市政府做到以下几点:承认政府对这次事件的判断和应对存在失误,并向受害者及其家属道歉;向县里上报事故报告书,对受害儿童进行救助和心理辅导;倾听受害者家属的意见,采取措施防止类似事件再次发生。

支援会还行使求偿权,要求原本由市政府和县政府支付的赔偿金改由施害者高木老师个人支付,从而避免动用纳税人的税金。

6月中旬的市议会上,广川议员向大家介绍了请愿书的目的。

"一般来说,发生事件后,向受害者道歉,然后进行赔偿是社会的常识。要是市里真的这么做了,也就不会有这次的请愿。我们该为出现这样的请愿书而感到羞愧。这是议会的总体意见,议会希望市政府能稍微遵循一下社会的常识。"

然而,在议会的质询中,市教育委员会的职员还是重复着之前那套说辞。

"我们在询问调查中没有确认任何侵害事实。""根据判决,我们在事后应对方面没有违反任何义务,已经说得很清楚了,法院没有认定我们存在过失。""这次高等法院给出判决后,我们又和当时的校长确认过了,校长表示当时虽用尽各种办法调查，还是无法确认判决里认定的事实。这种情况下，我们没有办法写下事故报告。"

教育长则用一句"正如教育总务部副部长所言"，回避了发言。对请愿提案持反对意见的议员也没有再做讨论。

表决开始了。在质询和讨论环节保持沉默的大多数议员仍静坐不动。

"起立者占少数[1]。请愿第一号提案不予以通过。"

委员长宣布散会。

"为什么！怎么能这样！"

议员们离开后，山城女士的声音响彻委员长的办公室。

本应监督教育行政机构的议会却封堵了市民的声音，拥护断言"无法确认事实"的市政府。到头来，谁也不肯承担责任。

这就是学校一直以来自保的底气。

感谢

十天后，我和山城女士在市政府附近的餐馆碰面。

这是一个充满回忆的地方，六年前，我收到了山城女士的传真，在这里和她决定要成立支援会。这次还有一位支援会的男性成员也来了，他对市政府的情况比较了解，我们要一起商

1　日本的议会有多种表决方式，起立表决是其中一种。

量接下来怎么做。

我们从吧台领走各自点的咖啡后,这位男性成员先开了口。

"我们已经打赢了民事诉讼,支援会的工作也算告一段落,我觉得该让您和您家人解脱了。"

"嗯,是啊……但我觉得还有些事没有完成,我们得和市政府好好做个了断。"

"可是市里面不愿意转变态度。好不容易胜诉了,大多数市民也理解了来龙去脉,如果继续纠结市里的态度,可能会有被对方牵着走的感觉。"

"但是就此解散的话,我们怎么防止别的孩子遭受同样的伤害?怎么把诉讼的经验介绍给大家?怎么记录这一切呢?打赢官司后,我们终于可以着手这方面的工作了。"

山城女士的想法也是这几年来我们逐渐想明白的,她的每一句话都掷地有声。我没有说话,静静听着。

"可支援会这个组织继续存在的话,当事人在诉讼结束后也必须顶着'需要帮助的受害者'的身份。难道我们不应该把他们从'受害者'的束缚中解脱出来,让他们重新过上正常的生活吗?"

"您说的这一点我也十分赞同。那么,就看当事人怎么想了。"

在山城女士的注视下,我轻轻颔首。

"我明白了。我店里还有事,就先走了。"

山城女士在桌上放下三枚一百日元硬币和三枚十日元硬币,

又找出六枚一日元硬币——这是她的咖啡钱，连消费税都算得清清楚楚——随后起身离开。

临近中午，店里的客人多了起来，山城女士就这样消失在门口的人群中。看着她逐渐远去的背影，那些共同的回忆如走马灯般在我眼前浮现。在最灰暗的时候，是山城女士站在了我们身旁，是她与我们一同哭泣，与我们相拥。她承担着自家店铺的工作，却仍花费时间和金钱来支持我们。这就是无私的山城女士。

"我们最后再做一份传单吧，把我们的谢意传达给大家。"

上次碰面的男性成员做了传单的样稿，支援会的解散已经敲定。

"不是假的！都是真的！少女的控诉终于有了回响！"

传单正面印有对胜诉判决的谢词，背景是圣子画的画。传单背面则印着"判决下达后，市政府仍不愿面对事实，实属遗憾"，以及孩子爸爸写给大家的寄语。

> 高等法院判定前班主任经常性地做出猥亵行为，市政府和县政府均放弃上诉，至此我们的诉讼之路终于结束。七年以来，市政府和市教育委员会拒不承认本事件，而我们一路和他们抗争到了今天。多少次，在我们濒临崩溃的时候，许多人都伸出了援手，对此我们深表感谢。支援会的各位，参与署名活动的各位，收下我们传单的各位，为

> 我们加油的各位，就是在你们的鼓励下，我们才有了今天。此刻，我们心中只有谢意。我们衷心希望类似事件不再发生，为应对此类事件再次发生，我们希望能早日确立帮助受害者的措施和体系。再次谢谢大家。

我和支援会的成员一起在车站周围发传单，转眼间，所有传单都被派发完毕。

而我们租借的那栋房龄超过三十年的房子，其水管突然出了问题，我们以此为契机，告别了这座城市。

久违地再次来到这座城市时，已是秋高气爽的季节。

"我要付出加倍的努力，为了和大家一起，把我们市建成让日本全国都羡慕不已的城市，这一次我也参与了竞选。"

四年一次的市长选举，市长被政党和各个团体的干部簇拥着，来到参选宣讲现场。

市长有意连任，而他对市民许下的承诺和以往一样，涵盖了许多关于提高残障人士福祉和推动教育发展的措施。

"说不定，这个市长其实也为圣子的事尽了自己的努力呢。"

一些曾在诉讼过程中支持过我们的人开始这么想。

"这个嘛……或许吧。"

我含糊地附和了一句，但心里并不太相信。人们对他政治口号里那些"提高"和"推动"充满了期待，而面对孩子们的痛苦哭诉，他为了撇清责任却表现得无比冷酷，我无法忽视其中的落差。

做完演讲,市长便钻进了选举车。汽车慢慢向我驶来,或许是把我当成了"支持者",他笑容可掬地向我挥手。我不知怎的,也挥手回应,却无法直视他的眼睛。

"Let's go! Let's go!"

选举车传出的动员口号响彻街道。

后记

2021年5月，日本众议院选举之前，执政党与在野党在国会上就新冠肺炎疫情应对措施等问题吵得不可开交。然而，国会议员却超越党派的桎梏，一致表决通过了一项法案。这就是《关于防止教职员工对学生施加性暴力的法律》。2020年年末一度搁浅的草案被政府重新研究，并以议会立法的形式得以实现，这实属罕见。

按照新法律，不论当事人是否同意，教职员工对学生或其他未满十八周岁的未成年人进行的性交或猥亵行为，都将被定义为"性暴力"，并得到明确禁止。

教师若因猥亵行为而被免职并失去教师资格证的话，日本各地的教育委员会需根据改正情况等因素，评估其是否可以重新获得教师资格证，且教育委员会有权拒绝再次发放教师资格证。该法律还要求国家和地方建立并完善统一的数据库，记录过去犯有猥亵行为的教师信息。

此前，被免职的教师即使被吊销了教师资格证，三年后只要申请，就能自动重新取得资格证。曾有教师拿着重新取得的资格证，被其他地区的教育委员会录用，并再次犯下猥亵行为。新法的目的之一就在于防止此类事件的发生。

在法案通过前一天的参议院文教科学委员会的会议中，议员们也放下党派之争,从日本自民党到日本共产党,大家一齐磋商讨论,提出问题,交换意见。

日本共产党的吉良佳子指出:"就现状而言,我们很难从事实上判断未成年人受到了性犯罪伤害。受到性侵的孩子有时因为缺乏相关知识等原因,无法意识到自己受到了伤害,有时又没法用语言向他人讲清自己的遭遇。"她向时任文部科学大臣、来自日本自民党的萩生田光一问道:"我认为应该尽快完善咨询机制,让孩子可以放心地说出自己受到的伤害。您怎么看?"

萩生田大臣回应道:"您说得很到位。孩子们好不容易下定决心与人商量后,首先要经历母亲的询问,情绪激动的父亲的追问,然后是班主任、生活老师、保健室老师、教育督导人员和校长的盘问,这对孩子来说是很难受的。在多番问询中,孩子的记忆很可能会出现偏差。另一方面,学校的一些教职工出于包庇同事的心理,也可能会把孩子的话当作误会。因此,想要弄清楚事情的经过,就必须尽量减少孩子的心理负担。还有,如果在上课时间单独把孩子叫去办公室或咨询室,同学朋友们难免会议论纷纷。我们必须考量尽可能多的情况,建立完善的机制,让孩子能放心地吐露心声,免于遭受二次伤害。文部科学省会牵头制定框架,并向全国推广。"

咨询体制与事实认定程序的不完善,让本书中的受害者在寻求救助的过程中频频碰壁。校方在调查过程中偏袒己方员工的说辞,法庭上缺乏医疗关怀的询问,最终导致了无罪的判决,让受害者一方蒙受了"虚假指控"的中伤，受到了更大的伤害。取证的困难程度，以及不利于受害者发声的体制等，都纵容了施暴者的肆无忌惮，校方也趋于自保，一再逃避责任。

本书中的受害者家属，抱着"不让其他孩子遭受同样痛苦"的愿望，走完了漫长而艰辛的诉讼之路。许多人也同他们一道，付出了自己的努力，一点点推动法律和咨询体制的完善。尤其需要反思的是，我们该如何对待孩子和性犯罪受害者的控诉？

让我提笔写下这起事件的契机，是刑事审判后的无罪判决。侦查机关采取了强制措施，还是没能找到足够的证据，这种结果不得不叫人感到沉重。而在报道时，我们也不能忽视冤罪的可能，单方面地以被告人的嫌疑为前提。如何在同等尊重双方人权的基础上做出公正的报道？身为记者的我又应该有何作为？带着这些疑问，我开始了日复一日的采访。

在这个过程中，我发现涉及性犯罪时，如果施害者矢口否认，那么"受害者"这一身份都会被动摇。其他犯罪中，即使无法确定犯人，受害者还是受害者，可以受到社会的保护，而性犯罪却不同。周围不理解的声音如果多起来，受害者不仅可能得不到必要的保护，甚至会招来"虚假诉讼""受害者有罪"等言论引发的二次攻击。这听起来毫无道理，却是性犯罪的现实。作为记者，我感到自己有责任倾听受害者的声音，并将之传达给社会。

国会上，《关于防止教职员工对学生施加性暴力的法律》一类的进步议案正受到讨论，可与此同时，对性犯罪受害者的蔑视、中伤言论却并没有停止。

其中一个例子，就是控诉自身受害经历的记者伊藤诗织所遭受的攻击。此案存在因权力因素而调查不公的嫌疑，网络上还出现了"卖色失败""美人计"等诋毁伊藤女士的流言蜚语，日本自民党议员则纷纷为这些言论点赞。

更有甚者，在讨论性暴力受害者支援政策的日本自民党部门会议上，众议院议员杉田水脉公然发言道："女人总爱撒谎"。力求根绝性暴力的"Flower Demo"[1]运动的主办者们控诉这是"对性暴力受害者的二次侵辱和严重的性别歧视，是对性暴力防治运动的阻碍"，并在网上展开署名活动，要求该议员道歉并辞去职务。这项活动在网上征集到了十万人以上的支持，但日本自民党总部却拒绝受理。2021年10月，杉田水脉还在日本自民党的认可下，再次当选众议院议员。

同样，在关于慰安妇这一战争期间的性暴力问题上，讨论的中心被移花接木为"是否存在狭义的强制性"[2]，而受害者的人权却无人顾及。报道受害者证言的媒体还被攻击为"捏造事实"。

在相关诉讼中，日本札幌高等法院在判决里写道："如果仅

---

[1] 始于2019年的日本社会运动，参与者们以鲜花为象征，在日本多个城市游行，呼吁根绝性暴力。
[2] 日本前首相安倍晋三于2006年10月的众议院答辩上提出："……存在狭义的强制性和广义的强制性。也就是说，到底是闯进家里将人强行带走，还是说当事人并不愿意这么做，但由于身处这样的环境之中，最后只能如此……"

仅自称慰安妇，那么报道价值将折半。"证人身负的莫大痛苦，就这样被判决中的"仅仅"一词带过了。报道慰安妇证言的一方被扣上了巨大的责任，而诋毁报道是"捏造"的一方即使存在误读曲解、断章取义，也可以免去罪责，类似的司法裁决层出不穷。法院的这种倾向，很可能会制约今后"#Me Too"运动的相关报道。

现行状态下，比起性暴力受害者的人权，有权有势的施害者一方的地位和名誉反而得到了更多重视，如果不改变这种状态，我们就无法打造一个能使受害者放心寻求帮助的社会。就像本书展现的那样，权力机构拥有很强的舆论影响力。在这起发生在校园的事件中，孩子们的控诉一再遭到扼杀，我希望读者们能通过本书的事例，感受到这层结构性问题。

本书最开始只是一本小册子，是为陪伴受害者走完诉讼之路的支援会成员而准备的。后来在朝日新闻出版社的编辑松尾信吾老师的努力下得以出版。

2019年春天，接连数个无罪判决最终掀起了"Flower Demo"运动，集会现场摆放着许多写有"#with you"的灯笼。我衷心希望通过本书，"with you"的力量能够传遍整个日本社会。

2022年3月
南彰